Robin Fuchs, das sind **Christian Handel, Jana Ronte, Nica Stevens** und **Andreas Suchanek.** Gemeinsam schreiben die vier Autor:innen für Audible die Original-Reihe „Pech & Schwäfel".

PECH & Schwäfel

Tot im Gewächshaus

ROBIN FUCHS

Erstausgabe Juli 2024

Copyright © 2024 dp Verlag, ein Imprint der
dp DIGITAL PUBLISHERS GmbH
Made in Stuttgart with ♥
Alle Rechte vorbehalten

Tot im Gewächshaus

ISBN 978-3-98998-476-9
E-Book-ISBN 978-3-98998-392-2

Dieses Werk basiert auf dem audible Original „Pech &
Schwäfel – Tot im Gewächshaus" © Audible GmbH, Berlin
Development Producer: Jana Ronte-Versch Layout: © Craubner
+ Hartmann GmbH

Covergestaltung: Buchgewand
Umschlaggestaltung: Thorsten Sohrmann

Unter Verwendung von Abbildungen von
shutterstock.com: © Pictrider, © Igillustrator
Lektorat: Jana Ronte
Satz: dp DIGITAL PUBLISHERS GmbH
Druck und Bindung: Books on Demand GmbH, Norderstedt

Prolog

„Aber die Ranunkeln können nicht die Schuld daran tragen."

Sandra Kuschel wurde ganz schlecht. Ja, sie hatte endlich herausbekommen wollen, warum ihr eine Hanfpflanze nach der anderen einging. Dafür hatte sie Frau Melusine ja extra aus Quedlinburg hierherkommen lassen – mit einem Zugticket erster Klasse, selbstverständlich. Schließlich war Frau Melusine ein deutschlandweit anerkanntes Medium und eine Lichtheilerin. Wenn jemand herausfinden konnte, was mit dem Hanf nicht stimmte, dann sie. Zu erfahren, dass sich ihre Pflanzen auf kosmischer Ebene nicht miteinander vertrugen, war trotzdem ein herber Schlag. Und dass ausgerechnet die Ranunkeln die Unruhestifter sein sollten! Schlimm!

„Sie sind doch die Blumen der Liebe", murmelte sie verzagt.

„Tja", erwiderte Frau Melusine unerbittlich. „Diese hier sind jedenfalls ziemlich eifersüchtig. Spürst du denn all diese negativen Schwingungen nicht?"

Unsicher betrachtete Sandra Kuschel die pinkfarbenen Blüten im Hochbeet. Auf sie wirkten sie ganz normal. Und ein Blumenladen ohne Ranunkeln, das ging gar nicht! Wenn sie selbst keine anbauen konnte, musste sie sie wieder für viel Geld vom Großhändler beziehen. Andererseits: Auf den Hanf konnte sie noch viel weniger verzichten.

„Herrjemine."

„Nun schau nicht so bedröppelt, Sandra. Ich bin ja hier. Und du hättest dir keine bessere Nacht dafür aussuchen können. Schau mal nach oben."

Sandra legte den Kopf in den Nacken und starrte durch das Glasdach ihres Gewächshauses in den wolkenlosen Junihimmel. Der Mond und die Sterne strahlten so hell, dass sie den Baustrahler im Gewächshaus gar nicht gebraucht hätten.

„Der Vollmond?", fragte sie hoffnungsvoll.

Frau Melusine stellte sich hinter sie und legte ihr beruhigend die Hände auf die Schultern. „Genau. Weißt du, was wir jetzt machen?"

„Nein."

Die Lichtheilerin hatte offensichtlich keine andere Antwort erwartet. „Wir räuchern die ganzen schlechten Energien einfach aus."

Sandra faltete andächtig die Hände und blickte hinüber zu dem Berg völlig vertrockneter Hanfpflanzen, der inzwischen so groß geworden war, dass sie dafür einen eigenen Komposthaufen hatte anlegen müssen. Das ging nicht so weiter. Sie beobachtete, wie das Medium aus seiner goldbestickten Tragetasche eine Bronzeschale und Räucherkohle holte und alles vorbereitete.

„Hier, häng die um." Frau Melusine reichte ihr eine Kette aus grünen Steinen.

„Ist das Chrysopras?", fragte sie und strich mit der Fingerkuppe vorsichtig über die glatte Fläche.

Frau Melusine nickte. „Gut gegen Eifersucht."

„Aber ich bin doch nicht eifersüchtig, sondern die Ranunkeln."

Die Lichtheilerin warf ihr einen skeptischen Blick zu. „Erinnerst du dich daran, was du mir über deinen letzten Ehemann erzählt hast?"

Es war wohl besser, darauf nicht zu antworten. Wenn sie auch nur an Peter dachte, kam ihr die Galle hoch.

„Behalt die Kette nach heute Nacht einfach", schlug ihr das Medium großzügig vor.

„Das kann ich nicht annehmen. Sie ist viel zu kostbar."

„Natürlich kannst du das. Sie wird dir guttun. Ich setze sie einfach mit auf die Rechnung."

Mit dem sich kräuselnden Rauch zog der starke Geruch von Patschuli durch das Gewächshaus und vermischte sich mit dem Duft der Pflanzen. Sandra schloss die Augen und atmete genüsslich durch die Nase ein. Ja! Sie fühlte bereits jetzt, wie alle negativen Gefühle ihren Körper verließen. Sicher ging es dem Hanf genauso. Oder den Ranunkeln?

„Kannst du eines der Dachfenster öffnen?", drang die Stimme der Lichtheilerin zu ihr durch. „Damit der Rauch die dunkle Energie mit sich nach draußen nehmen kann."

Sandra öffnete die Augen und nickte. „Ich kann es kippen."

Sie zog an der Schnur und machte sich sogleich ein bisschen Sorgen um ihre zarten Pflänzchen, die es warm und behaglich haben sollten. Aber es war Sommer und wenn es Frau Melusine und ihr nicht gelang, die dunkle Energie in die Nacht abzuleiten, war es für den Hanf bestimmt zu spät.

„Kannst du es bereits spüren, meine Liebe?", fragte das Medium entrückt. „Spürst du, wie der Rauch die gelben Klauen der Eifersucht von den zarten Pflanzenstängeln löst und mit sich nimmt?"

„Ja", behauptete Sandra, weil sie nicht zugeben wollte, dass sie außer dem herrlichen Patschuli-Geruch und einem Kribbeln auf der Haut gerade gar nichts wahrnahm. Wieder schloss sie die Augen, um sich ganz dem Ritual hinzugeben.

„Ich sage dir", versprach ihr Frau Melusine, „dein Hanf wird gedeihen! Mit meinem Geist-Auge kann ich sehen, dass er von innen heraus leuchtet. Er wird jeden in deinem schönen kleinen Örtchen verzaubern. Die Leute werden in seinem Duft baden und von nichts Anderem sprechen."

Sandras Herz begann schneller zu schlagen. „Glaubst du?"

„Gewiss", befeuerte Frau Melusine ihre Hoffnungsfantasien. „Nimm eines davon", forderte Frau Melusine sie auf.

Sandra öffnete die Augen und sah, dass die Lichtheilerin die Schale mit dem Rauchwerk mitten in das Hochbeet gesetzt hatte. Zudem schwenkte sie ein Räucherbündel aus getrockneten Kräutern, das bereits brannte.

Sandra nahm es ihr ab. „Ich frage mich, ob das eine gute Idee ist?" Sie deutete mit dem Kinn auf die Schale mit den glimmenden Kohlen.

„Aber ja." Frau Melusine entzündete ein zweites Räucherbündel. Der Geruch, der sich jetzt im Gewächshaus ausbreitete, war beißender und schärfer.

„Und wenn die Blumen Feuer ...", begann Sandra, doch die Lichtheilerin unterbrach sie.

„Wir sind doch da. Was soll da passieren? Du musst vertrauen haben, Sandra. Sonst bringt das hier alles nichts. Gerade du solltest um die Kräfte der Pflanzen wissen. Hab Vertrauen in die Macht der Natur. Und jetzt: Wedeln!"

Energisch schwang Frau Melusine das glühende Kräuterbündel hin und her. Sandra tat es ihr gleich. Unter das Räucherwerk hielten sie große Muscheln, mit denen sie die herabfallende Asche auffangen konnten. Die dicken Schwaden stiegen Sandra beißend in die Nase.

Was war das für eine Geruchsmischung? Salbei erkannte sie. Aber da war noch etwas Anderes. Süßlich irgendwie, aber gleichzeitig etwas, das ihre Kehle reizte und ihre Nasenschleimhaut kitzelte. Und das dafür sorgte, dass sie sich leichter und leichter und leichter fühlte.

Sandra schlüpfte aus ihren spitz zulaufenden Holzpantoffeln, die plötzlich viel zu schwer waren. Beschwingt trippelte sie durch ihr Gewächshaus und verteilte die Rauchschwaden über ihren geliebten Pflanzen: den Rosen, dem Thymian, dem Hanf, und ihren wunderbaren, aber ziemlich ungezogenen Ranunkeln.

Alles würde gut werden.

„Spürst du es, Sandra?", fragte Frau Melusine erneut.

Diesmal nickte sie aus vollem Herzen. Sie spürte, wie sich sämtliche dunkle Energie, die sich im Gewächshaus angesammelt hatte, verdichtete und mit dem Rauch nach draußen getragen wurde. Hinaus in die Nacht.

„Hinaus zu den Sternen."

Sie begriff erst, dass sie laut gesprochen hatte, als die Lichtheilerin ihr mit glücklichem Lachen antwortete.

„Richtig, liebe Sandra, richtig. Der Rauch trägt die schreckliche gelbe Eifersucht hinaus zu den Sternen und der volle Mond badet uns in seinem heilenden Licht. Vertrau auf den Himmel, Sandra. Vertrau auf das Licht des Mondes. Kannst du es spüren, du Gute? Kannst du es hören?"

Erneut stieß das Medium ein glückliches Lachen aus.

Sandra hielt den Atem an. „Es hören?", fragte sie und spitzte die Ohren. „Das Mondlicht?"

„Ja!" Frau Melusine kicherte. „Es singt. Der Mond singt für uns. Er ..."

Ohrenbetäubendes Klirren unterbrach die Lichtheilerin. Ein dumpfer Schlag, ein Geräusch wie von splitterndem Glas schnitt durch die Nacht.

„Ich kann es hören!", rief Sandra glücklich, während etwas Großes, Schweres direkt vor ihnen auf dem Hochbeet landete.

Frau Melusine schrie erschrocken auf.

Sandra zuckte zusammen. Sie hielt das Räucherbündel von sich weg, dessen Qualm ihre Augen reizte, und blinzelte einmal, dann noch einmal.

Die Lichtheilerin hörte nicht auf zu schreien.

Es dauerte, bis auch Sandra begriff, was der Mond ihr geschickt hatte. Was gerade geschehen war.

Das Räuchergebinde fiel ihr aus der Hand.

Während sie auf den reglosen Körper der Frau starrte, der durch ihr Glasdach gekracht und auf die Ranunkeln gestürzt war, bemerkte Sandra Kuschel nicht, dass ihr glimmendes Räucherbündel direkt in den ausgemisteten Hanf gefallen war und diesen entzündete.

Kapitel 1

Es war mitten in der Nacht und dunkler, als es hätte sein dürfen. Wolken hingen vor dem Mond und das einzige Licht kam von Maikes winziger Smartphone-Taschenlampe, deren Strahl in dieser Umgebung etwas Verlorenes anhaftete. Vielleicht auch, weil ihre Hand zitterte, als sie endlich vor der Scheune stand. Wie oft sie bereits hierhergekommen war, auf dieses verfallene Gehöft außerhalb von Niederteerbach. An diesen trost-losen Ort mit den eingeschlagenen Fensterscheiben, den staubigen Fluren – und der Scheune, dem Tor zu ihrer persönlichen Hölle. Maike war keine Kirchengän-gerin, aber hätte sie den Hof von Hans und Johanna Wagner beschreiben müssen, sie hätte ihn „gottlos" ge-nannt. Das Ehepaar Wagner war schon lange tot. Und doch führten alle Spuren zu Billie über die Sargfabrik zu diesem Hof.

Obwohl sie wusste, was sie im Inneren erwartete, trieb es sie vorwärts. Sie schob das Scheunentor auf und trat ein. Stroh raschelte unter ihren Füßen. Die Luft roch nicht mehr nur noch abgestanden und nach verwitterndem Holz, sondern auch scharf, fast bei-ßend. Vermutlich hatten sich Tiere aus dem Wald hereingestohlen und in den Ecken ihr Geschäft verrichtet. Ob es auch so gerochen hatte, als …

Nein! Sie verbot sich den Gedanken.

Wie von einem unsichtbaren Faden gezogen, ging Maike weiter. Schritt für Schritt auf die Stelle zu, wo eine Bodenluke aus Metall den Eingang in eine unterirdische Zelle verschloss. Sie hätte diesen Weg auch mit geschlossenen Augen und ohne die Taschenlampe gefunden, so oft war sie ihn gegangen. Vielleicht wäre das sogar besser gewesen, denn ungnädig entriss das grelle Licht Dinge der Dunkelheit, auf deren Anblick sie liebend gern verzichtet hätte. Die scharfe Kante der Luke, ein Fleck, von dem sie wusste, dass es sich nur um Rost handelte, der sie jedoch immer wieder an Blut erinnerte. Die ersten Stufen der knarzigen Holztreppe, die nach unten führten.

Warum tust du dir das immer wieder an?, fragte sie sich.

Maike spürte, wie sich ihr Magen und ihre Kehle gleichzeitig zusammenzogen. Trotzdem stolperte sie weiter, die Holztreppe hinunter, tiefer und tiefer, bis die Luft so sauer und abgestanden schmeckte, dass sie glaubte, nicht mehr atmen zu können. Mit der freien Hand klammerte sie sich an das raue Holz und zählte bis zehn.

Wie gern hätte sie jetzt das Smartphone ausgeschaltet. Wie gern hätte sie sich erspart, was jetzt kam.

Doch sie war es sich schuldig. Und Zoe auch. Und Billie.

Maike drehte sich um, ließ den Blick durch den kleinen Raum schweifen, der ungefähr so groß war wie ihr eigenes winziges Kinderzimmer damals. Eine verdreckte Matratze lag auf dem Betonboden. An der Seite war sie aufgerissen und ihr Innenleben quoll daraus hervor wie aus einer Wunde. Eine löchrige Decke lag darauf und ein Federkopfkissen, viel zu groß im Vergleich mit den anderen Gegenständen. Und wie zum Hohn mit einem fröhlichen Bezug: rote Autos auf blauem Grund, die Farben verblasst von den Jahren, in denen es hier gelegen hatte.

Ein uralter Walkman lag neben der Matratze. Ein Becher aus Holz. Die zwei Hälften eines auseinandergerissenen Comic-Taschenbuchs. Ein Nachttopf.

Bei seinem Anblick wurde Maike noch mulmiger, nicht wegen des schauderhaften Geruchs, der von ihm ausging, sondern weil sie wusste, was er bedeutete. Jahre der Qual. Wie viele waren es gewesen?

Obwohl ihr das Atmen immer schwerer fiel, konnte sich Maike nicht dazu bringen, ihren Blick vom Nachttopf loszureißen. Weil das, was sie sehen würde, wenn sie sich umdrehte, noch schlimmer war. Viel, viel schlimmer.

Also stand sie da und wartete. So wie jedes Mal. Mit fest zusammengepressten Lippen zwang sie sich, reglos zu bleiben. Dann spürte sie die leichte Berührung am Nacken, ersehnt und verhasst. Obwohl sie darauf gewartet hatte, richteten sich die Härchen auf ihren Armen auf. Wieder spürte sie den Faden an sich zupfen. Er zwang sie, sich umzudrehen. Langsam. Ganz langsam.

Sie war nicht mehr allein im Raum. Jemand stand ihr gegenüber, eine Person, die sie einmal gut gekannt hatte. Billie sah noch genau aus wie damals: die roten Haare gerade so lang, dass sie sie zu einem winzigen

Zopf zusammenbinden konnte; die Sommersprossen auf der jugendlichen Haut, in die sich noch keine einzige Falte eingegraben hatte.

Und niemals eingraben würde, dachte Maike.

Billie trug die gleiche Kleidung wie an dem Abend, an dem sie verschwunden war: die dunkle Jeans, das sonnengelbe T-Shirt. Und um ihr Handgelenk baumelte das Freundschaftsbändchen.

Sie atmete nicht. Ohne den Mund zu öffnen, sagte sie: „Es ist zu spät. Viel zu spät."

Die Kälte in den Worten ihrer toten besten Freundin ließ Maike zurückzucken. Sie fütterte die Vorwürfe, die sie sich selbst machte, schon seit langer Zeit, vor allem aber seit dieser Nacht im März, ihrem vierzigsten Geburtstag, als sie und Zoe auf den Hof des verstorbenen Ehepaares Wagner gekommen waren und Billies Leiche entdeckt hatten.

Da hatte sie nicht ausgesehen wie jetzt in der Erinnerung. Oder wie damals, in der Nacht ihres Verschwindens.

Alles, was von Billie übriggeblieben war, waren ihre Knochen, ein wie im Wahn grinsender Totenschädel und Fetzen von Kleidern, denen Staub, Schimmel und Moder so zugesetzt hatten, dass man sie kaum noch als solche erkannte.

Das Skelett hätte jeder sein können. Doch sowohl Zoe als auch Maike hatten in jener Nacht instinktiv gewusst, dass sie ihre verschwundene Freundin endlich gefunden hatten. Die Spurensicherung und die Rechtsmedizin hatten dieses Gefühl später bestätigt.

Das Gebiss des blanken Totenschädels, es war Billies Gebiss.

Die Bruchstelle im rechten Unterarmknochen des Skeletts: Es war Billies Bruch, den sie sich als Vierzehnjährige bei einem Treppensturz zugezogen hatte.

Und viele kleine andere Dinge, die Zoes Kollegen herausgefunden hatten, die Maike jedoch gar nicht brauchte.

Sie hatte es gewusst.

Sie hatten Billie gefunden. Zu spät. Viel zu spät.

Billies Geist hatte recht. Sein Arm schoss vor und packte Maikes Kehle. Entsetzt konnte sie beobachten, wie Billies Haut bleich wurde, dann grau – und verschrumpelte. Wie das Fleisch und die Sehnen sich zusammenzogen, kleiner wurden und dann wie Kerzenwachs zu Boden tropften und den blanken Knochen zurückließen. Der überwältigende Gestank von Verwesung schlug auf Maike ein und sie musste würgen. Sie versuchte, Billies Klammergriff zu lösen, doch ihre freie Hand rutschte am glatten Knochen ab.

„Warum hast du meinen Mörder noch nicht gefunden?", grollte die Tote!

„Das werde ich!", erwiderte Maike – und fuhr aus dem Schlaf hoch.

Um sie herum war es dunkel und ihr Herz klopfte wie wild.

„Was wirst du?", hörte sie Zoes verschlafene Stimme, und während Maike versuchte, die Reste des Albtraums abzuschütteln und die Tränen in ihren Augenwinkeln wegzublinzeln, begriff sie, wo sie war: Nicht in der Kerkerzelle unter der Scheune des Wagner-Hofes, sondern auf dem Dachboden der Schwäfels, auf dem bequemen Luftbett, das Zoe extra für sie angeschafft hatte.

„Geht schon", murmelte sie. „Hab nur schlecht geträumt."

Ihre beste Freundin erhob sich von der dünnen Decke neben dem Luftbett und schaltete das Licht an. „Alles in Ordnung?"

Maike nickte.

Zoe setzte sich neben sie und das Luftmatratzenbett ächzte.

„Hast du wieder von Billie geträumt?"

„Ja. Ich war in der Scheune. In ihrem Gefängnis"

Sie erhob sich abrupt und sammelte ihr Sweatshirt und die Jeans auf, die neben den Gläsern und den leeren Flaschen lag. Es war ein feuchtfröhlicher Abend gewesen, mit zu viel Wein für Zoe und zu viel Kölsch für Maike. Obwohl es warm war, fröstelte sie, als sie ihr Pyjama-Oberteil auszog.

„Was hast du vor?", fragte Zoe und starrte auf ihr Smartphone-Display. „Elf nach drei. Es ist mitten in der Nacht."

Maike schlüpfte in das Sweatshirt. „Ich kann jetzt nicht schlafen. Nicht, solange ihr Mörder noch frei herumläuft."

Zoe seufzte. „Den werden wir heute Nacht aber auch nicht schnappen."

Während Maike sich die Jeans anzog, sah sie, dass ihre beste Freundin ebenfalls nach ihren Kleidern angelte.

„Und jetzt?", wollte Zoe wissen, nachdem sie beide angezogen waren.

„Spaziergang?", fragte Maike hoffnungsvoll.

„Spaziergang", stimmte Zoe zu.

Sie schlichen die Klappleiter vom Dachboden hinab, durch den Flur im ersten Stock, dann die Treppe nach unten. Sie weckten niemanden, noch nicht einmal Nele, den Golden Retriever der Familie Schwäfel.

Als sie aus der Haustür traten, warf Maike einen Blick in den Himmel. Keine Wolken. Vollmond. Ganz anders als in ihrem Albtraum. Warum fühlte es sich dennoch so an, als würde Billies Geist sie begleiten?

Maike beschleunigte ihre Schritte. Die Wohnsiedlung in Köln-Junkersdorf, wo Zoe mit Maikes Bruder Mark und den drei Kindern lebte, wirkte wie ausgestorben.

Ausgestorben. Was war das überhaupt für ein Wort? Warum benutzte man es, um eine Gegend zu beschreiben, in der einfach nichts los war? In der alle friedlich in ihren Betten schlummerten, die Häuser durch Alarmanlagen gesichert?

„Wenn ich von ihr träume", sagte Maike, „sieht sie aus wie früher. Weißt du noch, das gelbe T-Shirt, das sie so gern getragen hat?"

„Die Jungs haben sie deshalb Pumuckl genannt", erinnerte sich Zoe. „Aber da stand sie drüber."

Maikes Stimme wurde dunkel. „Und dann verwandelt sie sich jedes Mal wieder in dieses ... Skelett."

Aus den Augenwinkeln sah sie, dass Zoe die Arme um sich schlang.

„Ich kann sie gar nicht mehr anders sehen. Jedes Mal, wenn ich versuche, mir ihr Gesicht in Erinnerung zu rufen, sehe ich nur dieses furchtbare Loch und den gebrochenen Knochen am Hinterkopf des Schädels." Sie schluckte. „Alle haben mich gewarnt, nicht in den Obduktionssaal zu gehen."

„Aber du hattest Billie … das, was von ihr übrig war, ohnehin bereits im Kerker unter der Scheune gesehen."

„Ich hätte mich trotzdem fernhalten und die Leichenschau Thomas überlassen sollen."

Als hätten sie sich verabredet, blieben Maike und Zoe gleichzeitig stehen und schauten sich an. Im Licht der Straßenlaterne wirkte Zoes cremefarbener Hosen-anzug fast schneeweiß. Selbst nach einem weinseligen Abend, ein paar Stunden Schlaf und weit nach Mitternacht sah Zoe-Iyeke Schwäfel aus wie vor einer Pressekonferenz. Ganz so, als habe sie alles im Griff und würde von nichts aus der Bahn geworfen werden können. Ihre Augen verrieten allerdings, dass es in ihr anders aussah.

Maike griff nach Zoes Hand. „Ich verstehe, dass du in den Obduktionssaal musstest."

Zoes Finger schlossen sich fest um ihre. „So wie du es nicht der SoKo Billie überlassen kannst, den Mord aufzuklären."

„Die SoKo!", stieß Maike genervt aus. „Die tappen doch genauso im Dunkeln wie ihre Vorgänger vor über 20 Jahren."

Drei Monate war es jetzt her, dass sie die Leiche ihrer besten Freundin gefunden hatten. Und noch immer waren sie ihrem Mörder kaum einen Schritt näher.

Langsam gingen Maike und Zoe weiter. Sie bemerkten erst, dass sie den Weg zu Maikes und Marks Elternhaus eingeschlagen hatten, als sie fast davorstanden. Diese Nacht schien den Geist der Vergangenheit zu atmen.

„Vielleicht erfahren wir morgen Abend endlich mehr", sagte Maike. „Da kommt Martin zu mir."

Zoe schmunzelte. „Scheint ja gut zwischen euch zu laufen."

„Tut es das?"

„Na ja schon, oder? Du triffst ihn momentan fast häufiger als mich. Er wohnt ja schon fast bei dir."

„Er wohnt in Berlin", stellte Maike schnell klar.

Zoe zwinkerte ihr zu. „Momentan nicht. Momentan lebt er in einem kleinen Hotel in Köln."

„Weil er sich temporär hat versetzen lassen, um in der SoKo Billie zu arbeiten, nicht wegen mir."

Zoe gab nicht auf. „Weil er weiß, wie wichtig dir dieser Fall ist. Red' das nicht klein und such nicht nach Ausreden, Maike. Er mag dich ziemlich gern. Und das ist toll. Jedenfalls, solange du nicht nach der Aufklärung des Falls zurück nach Berlin ziehst."

Maike murmelte etwas Unverständliches. Sie wusste, dass Zoe recht hatte. Martin war kompetent, pragmatisch – und mit seinem Dreitagebart, seinem Knackarsch und den schönen Augen auch äußerst attraktiv. Inzwischen war er definitiv mehr für sie als nur ein Kollege. Nur was sie beide füreinander waren, darüber war sich Maike noch nicht ganz im Klaren. Und dann war da ja auch noch ...

„Hast du schon mit Sandro gesprochen?", fragte Zoe, als könnte sie ihre Gedanken lesen.

Maikes Schultern versteiften sich. „Noch nicht." Und zugegebenermaßen hatte sie deswegen ein schlechtes Gewissen. Staatsanwalt Sandro Grasso war mit seiner beherrschten Art, seinem ruhigen Auftreten und seinem Anzug-und-Krawatte-Kleiderstil ein ganz anderer Typ als Martin und – sollte er sie doch verklagen! – sie mochte beide. Sehr.

Sandro war für sie dagewesen nach der schrecklichen Nacht in der Scheune und allem, was darauf gefolgt war. Er hatte sie am Wochenende zu Ausflügen abgeholt, um sie abzulenken, hatte mit ihr geredet oder geschwiegen, je nachdem, was ihr lieber gewesen war. Und obwohl Maike zu diesem Zeitpunkt nicht wusste, was da nun genau zwischen Martin und ihr entstand – oder zwischen Sandro und ihr –, hatte an einem Abend eines zum anderen geführt und Sandro und sie waren sich sehr nahe gekommen.

Mehr als einmal. Und sie hatte es genossen.

Seit Martin jedoch wegen seiner Arbeit in der SoKo nach Köln gekommen war, hielt sie Sandro auf Abstand. Was gar nicht so leicht war, wenn man beruflich ständig miteinander zu tun hatte.

„Er ist mir gestern in der Rechtsmedizin über den Weg gelaufen", sagte Zoe. „Hat mich gefragt, wie es dir geht."

„Oh."

„Ja", entgegnete Zoe. „Klang fast so, als ob du seine Anrufe ignorierst."

„Natürlich nicht, er ist der Staatsanwalt."

„Ha ha", sagte Zoe. „Ich meine seine privaten."

„Würde ich nie tun."

„Nein. Du doch nicht."

Maike blickte sie an. „Ich bin doch kein Teenager mehr. Ich schwöre, wenn er jetzt anrufen würde ..."

Ihr Smartphone klingelte.

Zoe riss die Augen auf und Maike versteifte sich.

Das Smartphone klingelte weiter.

„Das ist er nicht", behauptete Maike, während sie das Gerät aus ihrer Hosentasche fischte. „Siehst du."

Demonstrativ hielt sie Zoe das Display vor das Gesicht. „Unbekannte Nummer."

„Nachts um halb vier", sagte Zoe skeptisch. „Wer ruft denn um diese Zeit mit unterdrückter Nummer an?"

„Finden wir es heraus", sagte Maike und tippte auf den grünen Kreis mit dem Hörer.

Kapitel 2

„Hallo?", fragte Maike vorsichtig.

„Frau Pech?! Sind Sie das?", drang eine aufgedrehte Frauenstimme aus dem Lautsprecher. Obwohl sie Maike bekannt vorkam, konnte sie sie nicht sofort zuordnen.

„Wer spricht denn da?"

„Na ich", antwortete die Anruferin, und dann: „Sandra Kuschel."

„Frau Kuschel?"

Sie warf Zoe einen vielsagenden Blick zu. Diese trat näher an sie heran.

„Wie schön, dass Sie rangehen, zu dieser vorgerückten Stunde."

Maike verdrehte die Augen. „Vorgerückte Stunde? Frau Kuschel, es ist mitten in der Nacht."

Da schien die Blumenverkäuferin allerdings anderer Meinung zu sein. „Ach, na ja …"

Maike beschloss, für Small Talk um halb vier Uhr in der Früh keinen Nerv zu haben. „Wo brennt's denn?", fragte sie.

„Woher … Bei mir!", antwortete Frau Kuschel.

„Was?!"

„In meinem Gewächshaus, um genau zu sein."

Maike glaubte, sich verhört zu haben. „Und warum rufen Sie mich an? Ich bin doch nicht die Feuerwehr."

Sie hob den Zeigefinger an den Kopf und gab Zoe mit einer vielsagenden Kreisbewegung zu verstehen, was sie von dem Gespräch hielt: Die Kuschel hatte wohl mal wieder zu viel von ihren eigenen Kräutermischungen gekostet.

„Die Feuerwehr ist doch schon längst informiert", unterrichtete Frau Kuschel sie nun. „Aber deswegen rufe ich gar nicht an."

„Sondern?", fragte Maike.

Sandra Kuschel klingelte doch hoffentlich nicht um diese Zeit bei ihr durch, um mit ihr über Marmelade zu sprechen. Maikes Mutter Jutta belieferte seit einiger Zeit Sandra Kuschels Laden mit irritierenden Kreationen. Und als Gabi neulich nach einem Besuch dort in die Wache gekommen war, hatte sie Maike ausgerichtet, sie möge bitte von ihrer nächsten Fahrt nach Köln Nachschub vom Beschwipsten Holunderblüten-Gelee mitbringen. Was Maike natürlich nicht getan hatte.

Aber offenbar ging es um etwas Anderes.

„Eine Frau ist aus dem Himmel gefallen", teilte ihr Frau Kuschel mit. „Und ich fürchte, sie ist tot."

Beinahe wäre Maike das Smartphone aus den Fingern gerutscht. „Tot?", vergewisserte sie sich. „Aus dem Himmel gefallen?"

Frau Kuschel bestätigte. „Ob Sie's glauben oder nicht, Frau Pech. Direkt durch das Glasdach meines Gewächshauses mitten auf die Ranunkeln. Ausgerechnet!"

„Und sie ist tot?", fragte Maike noch einmal mit Nachdruck.

Sandra Kuschel schien gar nicht richtig zuzuhören. „Ich hab mich schon gefragt, wo sie hergekommen ist. Ich meine, vielleicht aus einem Flugzeug. Aber es herrscht doch Nachtflugverbot."

„Frau Kuschel ..."

„Und einen Fallschirm trug sie auch nicht", überlegte die Blumenverkäuferin.

„Vorhin erst."

„Atmet die Frau noch?"

Frau Kuschel zögerte, als habe sie noch gar nicht daran gedacht, das zu überprüfen. Dann sagte sie bestimmt: „Nein. Frau Melusine sagt, sie atmet nicht mehr."

Maike runzelte die Stirn. „Wer ist Frau Melusine?"

„Meine Lichtheilerin." Sandra Kuschel sagte dies, als sei es das Normalste auf der Welt. War es für sie vermutlich auch. „Sie ist zu mir gekommen, weil sich die Ranunkeln nicht mit meinen Hanfpflanzen vertragen."

Maike kam es eher so vor, als würde Frau Kuschel die Hanfpflanzen nicht vertragen.

„Ja, natürlich", sagte sie bedächtig und schielte zu Zoe, die sich zurückhalten musste, keine Fragen zu stellen. Maike zweifelte allmählich daran, dass tatsächlich eine Tote auf Sandra Kuschels Ranunkeln lag.

Was waren überhaupt Ranunkeln?

Ihr kam ein beunruhigender Verdacht. „Die Tote", begann sie. „Ist das ... Frau Melusine?"

„Frau Pech", beschwerte sich Frau Kuschel. „Ich spreche doch nicht mit Geistern."

„Natürlich nicht." Ein ‚Aber vielleicht sehen Sie ja welche nach etwas zu ausschweifendem Hanfgebrauch?' konnte sie sich gerade noch verkneifen.

Frau Kuschel hatte allerdings andere Sorgen: „Kommen Sie jetzt? Die Feuerwehr ist bestimmt auch gleich da. Ich kann schon die Sirenen hören."

Maike räusperte sich. „Ich … Ja. Natürlich."

„Gut", sagte Frau Kuschel. „Vielen Dank."

Und noch ehe Maike etwas erwidern konnte, legte sie auf.

Maike starrte verdutzt auf das Display. Sie versuchte, zurückzurufen, doch erreichte nur die Mailbox.

„War das die Frau Kuschel?", fragte Zoe, als Maike seufzend das Smartphone sinken ließ.

„The one and only", bestätigte sie.

„Und die ist über eine Leiche gestolpert?", fragte Zoe weiter.

Maike zuckte mit den Schultern. „Vermutlich schon. Ich bin mir nicht sicher. War ziemlich seltsam, was sie mir erzählt hat. Und jetzt geht nur noch ihre Mailbox dran! Ich weiß noch nicht mal, ob sie den Rettungsdienst gerufen hat." Sie begann, in ihrer Hosentasche zu kramen. „Ich muss sofort zurück nach Niederteerbach."

„Du kannst jetzt nicht fahren", protestierte Zoe.

Maike hielt in der Bewegung inne. Zoe hatte recht. Dafür waren es gestern Abend ein paar Kölsch zu viel gewesen. Und Zoe konnte auch nicht fahren. Die hatte ebenfalls zu tief ins Glas geschaut.

„Und jetzt?", überlegte Maike laut.

„Mark?", schlug Zoe vor, doch es klang zweifelnd.

Maike ächzte. Das fühlte sich ein bisschen zu sehr nach früher an. Nach Nächten, in denen ihr älterer Bruder sie, Zoe und Billie von irgendwelchen Partys abgeholt hatte, grummelig und verschlafen. Er hatte es gehasst. Sie auch. Da hatte sie sich doch lieber von ihrer Mutter …

„Das ist es", entfuhr es ihr und sie drehte den Kopf, um ihr Elternhaus ins Visier zu nehmen.

Zoe folgte ihrem Blick. „Jutta?"

„Eben die."

Bevor sie losstiefelte, verständigte sie noch Erwin, der auf der Polizeiwache in Niederteerbach Nachtdienst hatte, damit der den Rettungsdienst und ihre Kollegen informierte.

Jutta öffnete eine Minute, nachdem sie bei ihr geklingelt hatten, die Haustür. Sie begrüßte Zoe und Maike im Jogginganzug, mit einem strahlenden, wenn auch überraschten Lächeln und war offenbar kein bisschen müde.

„Mama", entfuhr es Maike überrascht. „Du bist ja noch wach."

Jutta winkte sie herein. „Ich hatte einen Video-Chat."

Zoe sah sie ungläubig an. „Um vier Uhr nachts?"

Jutta nickte. „Ich hab da über Social Media diesen Amerikaner kennengelernt, Peeps. Er …"

„Peeps?!", entfuhr es Zoe.

„Ich will das gar nicht wissen", stellte Maike schnell klar.

Jutta warf ihr einen irritierten Blick zu, dann verdrehte sie die Augen. „Ihr beiden! Was ihr wieder denkt. Er ist ein begnadeter Bäcker. Und er gibt einen Kochkurs, in dem es um Marmeladenherstellung geht, an dem nehme ich teil. Sehr inspirierend."

Maike hob die Hände. „Schon gut. Ich will's wirklich nicht wissen."

„Und er nennt sich Peeps?", hakte Zoe nach.

Jutta verschränkte die Arme. „Was wollt ihr beide eigentlich hier um diese Uhrzeit?"

„Ich brauche deine Hilfe", gestand Maike.

Juttas Augen leuchteten auf. „Worum geht es, mein Schatz?"

Maike erklärt in kurzen Sätzen, was der nächtliche Besuch zu bedeuten hatte, und nur wenig später saßen die drei in Juttas Auto.

„Die arme Sandra." Jutta lenkte ihren Wagen Richtung Niederteerbach und stieß immer wieder dramatische Seufzer aus. Maike saß auf dem Beifahrersitz, Zoe auf der Rückbank, eingequetscht zwischen Autotür und mehreren Stofftaschen, die bei jeder Kurve klirrend aneinanderstießen.

Jutta hatte ihre Tochter und ihre Schwiegertochter dazu verdonnert, bergeweise Marmelade aus dem Keller ins Auto zu schleppen, während sie sich umgezogen hatte.

„Dann muss ich das Ende der Woche nicht erledigen", hatte sie gesagt, als sie die Haustür hinter sich abgeschlossen und mit dem letzten Beutel Marmeladengläser zu ihnen gekommen war.

„Lass mich raten", hatte Maike erwidert. „Beschwipstes Holunderblüten-Gelee?"

Jutta hatte den Wagen gestartet und den Kopf geschüttelt. „Nein. Eine neue Kreation. Ein Aufstrich aus Chili, Passionsfrucht, weißer Schokolade und einem Hauch Spinat. Ich nenne sie Brennende Liebe."

„Vielleicht schlägst du diesen Namen Frau Kuschel heute Nacht besser nicht vor", hatte Zoe vom Rücksitz aus gesagt und Jutta damit irritiert.

„Ach so, du meinst wegen des Feuers im Gewächshaus. Dabei hat es Sandra gerade so schwer, Männerprobleme, wisst ihr, und das Gewächshaus soll der Erweiterung des Neubaugebiets weichen, aber an dem hängt sie doch so. Hach ... die arme Sandra.“

„Woher weißt du das alles, Mama?“, fragte Maike. „Seid ihr etwa ziemlich beste Freundinnen geworden?“

Jutta winkte ab. „Als ich ihr neulich eine Lieferung gebracht habe, hat sie gerade, nun, wie soll ich sagen, recht spezielle Minz-Muffins gebacken. Und ich glaube, sie hat selbst ein paar zu viel davon gegessen.“ Sie schielte zu Maike. „Falls sie dir jemals welche davon anbietet: Lehn ab.“

Maike nickte. „Du hast doch wohl keine probiert?“ Es sollte ein Scherz sein. Als Jutta jedoch rot anlief und die Antwort verweigerte, riss Maike die Augen auf. „Mama!“

„Wo muss ich jetzt hin?“, fragte Jutta stattdessen mit übertrieben hoher Stimme und lenkte das Auto auf die Autobahnabfahrt

Kapitel 3

Selbst wenn Maike nicht gewusst hätte, wo Sandra Kuschels Gewächshaus lag – Rauchschwaden und Blaulicht führten zuverlässig zum Ort des Geschehens. Als Jutta ihr Auto im Schatten des Hügels parkte, auf dem gerade das neue Niederteerbacher Neubaugebiet entstand, blinzelte Maike – allerdings überrascht und nicht vor Müdigkeit. So viel Trubel an einem Tatort hatte sie seit ihrer Zeit in Berlin nicht mehr gesehen.

Eine Menschentraube stand in sicherer Entfernung zum Gewächshaus, aus dem jetzt keine Rauchschwaden mehr aufstiegen. Die Feuerwehr hatte den Brand offenbar bereits gelöscht.

„Hier ist ja was los", stellte Jutta fest und wartete mit dem Aussteigen, bis ein Krankenwagen an ihrem Auto vorbeigefahren war. „Der fährt sogar schon wieder weg", sagte sie zu Maike. „Ausgerechnet heute sind wir zu spät."

Maike schnallte sich ab. „Ich bin nicht zu spät. Und wir schon gar nicht." Sie öffnete die Beifahrertür. „Vielleicht solltest du im Auto warten."

Diese Bitte überhörte ihre Mutter. Kommentarlos schloss sich Jutta Pech ihr und Zoe an. Auf dem Weg stieg Maike ein äußerst intensiver, wohlbekannter Geruch in die Nase.

„Das riecht ja, als hätte man hier ein gewaltiges Festival gefeiert“, stellte Jutta treffend fest.

„Deine Frau Kuschel hat in ihrem Gewächshaus Hanf angebaut“, teilte Maike ihr mit.

„Wohl eine ganze Hanf-Plantage“, vermutete Zoe. „Oh, oh, das gibt Ärger.“

Sie tippte Maike auf die Schulter und deutete auf einen Wagen, der auf halber Strecke zum Gewächshaus am Wegesrand stand. In der Dämmerung erkannte Maike das Auto von Walter Pöller.

„Die Spurensicherung ist also auch schon eingetroffen.“

Sie blickte sich um, doch sie konnte Pöller nirgends entdecken. Stattdessen sah sie ihren Kollegen Lukas Yilmaz auf sich zueilen. Im Schlepptau von Bürgermeisterin Graefe.

„Frau Pech! Da sind Sie ja“, rief sie ihr bereits von Weitem entgegen. Sie sah etwas mitgenommen aus. Auch wenn sie allzeit dienstbereit schien, war halb fünf Uhr morgens dann wohl doch nicht ihre Zeit.

„Was machen Sie denn hier?“, entschlüpfte es Maike, als die beiden vor ihr zum Stehen kamen.

Die Graefe runzelte die Stirn, als verstünde sie die Frage nicht. „Was ich hier mache? Hier hat es bis eben noch gebrannt, Frau Pech. Und es gibt eine Leiche. Natürlich bin ich hier! Die Frage ist allerdings: Wo waren Sie?“

„In Köln“, antwortete Maike trocken.

Die Graefe rückte näher an sie heran. „Das ist eine mittelschwere Katastrophe! Riechen Sie das? Drogen!

Und die Feuerwehr sagt, der Wind treibt die Wolke genau auf den Ortskern zu. Wenn der Willy das mitbekommt!"

Wilhelm Herzog war der Bürgermeister des Nachbarortes Oberteerbach – und Sabine Graefes langjähriger Erzfeind Nummer eins.

„Ausgerechnet jetzt ist Ingo Brandt im Urlaub."

Das erklärte, warum der schmierige Journalist vom Niederteerbacher Volksblatt nicht an ihrer Seite klebte.

„Ich hab's ja gleich gesagt", fuhr die Bürgermeisterin fort. „Das entsprach hier alles nicht mehr den Sicherheitsbestimmungen. Brandgefährlich war das. Entschuldigen Sie bitte den Ausdruck. Aber das stützt ja nur meine These. Na ja, immerhin steht jetzt dem Neubaugebiet nichts mehr im Weg. Oder glauben Sie, Sandra Kuschel hat mit ihren Drogen den Boden kontaminiert?"

Maike hob eine Augenbraue. „Entschuldigen Sie mich. Die Pflicht ruft."

Schnell schlängelte sie sich an der Bürgermeisterin vorbei, ergriff Lukas am Arm und zog ihn mit sich. Zoe schloss sich ihnen an. Bei einem Blick über die Schulter erkannte Maike dankbar, dass ihre Mutter begriffen und die Graefe in ein Gespräch verwickelt hatte.

„Weißt du schon, was passiert ist?", fragte sie Lukas, während sie auf die Reste des Gewächshauses zusteuerten. „Gibt es wirklich eine Leiche?"

Bis gerade hatte sie gehofft, die Leiche sei Frau Kuschels Fantasie entsprungen. Doch zu ihrem Bedauern nickte Lukas.

„Leider ja."

„Und wo kommt die her?", fragte Maike. „Die Kuschel hat behauptet, sie ist aus dem Himmel gefallen."

„Ist sie in gewisser Weise auch." Lukas deutete den Steilhang hinauf, an dessen Fuß das Gewächshaus stand. „Herr Pöller ist mit seinem Team gerade dort oben und sucht nach Spuren. Wir vermuten, dass das Opfer über den Rand des Abhangs gestürzt und direkt durch das Glasdach gekracht ist."

Maike und Zoe blickten nach oben Richtung Neubaugebiet, wo einige Taschenlampenstrahlen wie Laserschwerter die Nacht durchschnitten.

Maike deutete auf die Häuser über sich. „Hat jemand was gesehen?"

„Die sind alle noch unbewohnt", antwortete Lukas.

„Mist. Und was hat die Tote dann dort oben gemacht? Mitten in der Nacht?"

Sandra Kuschel hatte die Leiche als Frau identifiziert. Ob die Tote die Kuschel von dort oben beobachtet hatte?

„Wissen wir nicht", gab Lukas zu und wandte sich an Zoe. „Übrigens auch nicht, wie und wann die Frau gestorben ist. Das ist wohl ein Job für Sie."

Zoe strich sich eine Haarsträhne hinter das Ohr. „Ich habe auf der Fahrt hierher bereits eine E-Mail ins Institut geschickt."

Weil Frau Kuschel irgendwie involviert war, hatte sie Jutta versprochen, sich persönlich um die Obduktion zu kümmern.

„Hat die Spurensicherung schon etwas gesagt?", hakte Maike nach.

Lukas schüttelte den Kopf. „War nicht so einfach. Frau Kuschel und ihre Bekannte haben den Körper aus dem Gewächshaus gezogen."

Das verstand Maike zwar, es würde die Sache allerdings nicht gerade einfacher machen.

„Wissen wir, wer die Tote ist?", fragte sie.

Lukas zückte seinen Notizblock. „Sie heißt Katharina Aal."

„Aal?", echote Zoe und blieb stehen.

Maike drehte sich zu ihr um. „Sagt dir das was?"

„Katharina Aal?", fragte Zoe erneut. „Noch relativ jung, lange, blonde Haare?"

„Ja", antwortete Lukas überrascht.

Zoe seufzte. „Die ist Lehrerin an Sarahs Schule."

„Ach?" Maike sah Zoe erwartungsvoll an.

„Ja", bestätigte Zoe.

„Kennst du sie besser?"

Zoe schüttelte den Kopf. „Nein. Sarah hatte sie nur in einem Nebenfach. Und das ist auch schon zwei Jahre her."

„Lehrerin", sagte Maike nachdenklich, während sie weitergingen.

Frau Kuschel saß mit dem Rücken an einen Birnbaum gelehnt, hatte die Augen geschlossen und atmete tief und langsam. Die Lichtheilerin, von der sie gesprochen hatte, war definitiv keine Halluzination. Eine Frau um die fünfzig in einem langen, wallenden Gewand und mit erstaunlich viel Silberschmuck und Kristallkettchen behangen, saß auf einer Decke vor ihr, als würden die beiden ein Picknick veranstalten.

Als Maike, Zoe und Lukas zu ihnen traten, stand die Fremde auf.

„Guten Morgen. Kriminalhauptkommissarin Pech“, stellte Maike sich vor. „Sie sind …?“

„… erfreut, Sie kennenzulernen. Die gute Sandra hat schon so viel von Ihnen erzählt.“

„So? Hat sie das?“

„Gewiss. Auf Sie soll Verlass sein, sagt sie. Und dass Ihre Mama ganz vorzügliche Marmeladensorten kreiert.“

Der Blick der Lichtheilerin blieb einen Augenblick an Zoe hängen, als würde sie ernsthaft überlegen, ob sie Maikes Mutter sei.

„Schwäfel“, sagte Zoe schnell und streckte die Hand aus. „Ich bin die Rechtsmedizinerin.“

„Ach so. Aber natürlich. Sehr erfreut. Ich bin Frau Melusine.“

Zoe schüttelte Frau Melusines Hand, während Lukas Maike zuraunte: „Sie heißt Janine Meißner, wohnhaft in Quedlinburg. Ich habe die Personalien schon mal aufgenommen.“

„Sehr gut“, lobte Maike. Dann deutete sie auf Sandra Kuschel, die sich immer noch nicht regte. „Schläft sie?“

Janine Meißner schüttelte den Kopf und holte ein kleines Glasgefäß aus den Weiten ihrer Rockfalten hervor. Ein paar weiße Kügelchen rollten darin umher. „Ich habe ihr etwas zur Beruhigung gegeben.“

„Drogen?“, entschlüpfte es Maike, die sich vom penetranten Hanfgeruch leicht benebelt fühlte.

Die Lichtheilerin lachte, als habe sie einen Scherz gemacht. „Aber nein! Das stelle ich selbst her. Rein pflanzlich.“

„Aha", sagte Maike nur und dachte an die Kräutermischungen von Frau Kuschel. Sie ging vor ihr in die Hocke. „Hallo? Frau Kuschel?"

„Mhmmm", machte Frau Kuschel, öffnete jedoch nicht die Augen.

Maike zögerte eine Sekunde. „Können Sie mich hören?", fragte sie dann.

„Mhmmm", machte Frau Kuschel wieder. Dann fügte sie träge hinzu. „Aber ja doch, meine Liebe."

Wie in Zeitlupe hob sie die Lider. In der Dunkelheit konnte Maike das schlecht erkennen, doch sie war sich sicher, dass die Pupillen der Blumenhändlerin geweitet waren und die Bindehaut gerötet. Sandra Kuschels Lippen verzogen sich zu einem seligen Lächeln. „Sie sind gekommen. Jetzt wird alles gut."

Maike schielte zum zerstörten Gewächshaus. „Was ist denn passiert, Frau Kuschel?"

„Das habe ich Ihnen doch schon erzählt. Eine Frau ist aus dem Himmel gefallen. Und mein Gewächshaus hat gebrannt." Sie griff nach Maikes Handgelenk und packte es fest. „Sie glauben doch nicht, dass die Ranunkeln auch daran die Schuld tragen?"

„Ich denke, die können wir als Tatverdächtige ausschließen", sagte Maike und gestand sich seufzend ein, dass sie wohl heute nicht mehr viel Sinnvolles aus Sandra Kuschel herausbekommen würde.

Trotzdem setzte sie die Befragung fort. Unterstützt von Janine Meißner aka Frau Melusine erzählte Frau Kuschel, dass sie im Gewächshaus gewesen waren, um ein Vollmondritual zu vollziehen. Weil Frau Kuschels Hanfpflanzen trotz liebevollster Pflege immer wieder eingingen, hatten sie es mit einem Räucherritual versucht. Doch statt wie erhofft böse Geister durch das geöffnete Glasdach zu vertreiben, war ein Frauenkörper auf das Hochbeet gekracht.

Die Lichtheilerin war sich sicher, dass die Frau tot gewesen oder beim Sturz zumindest sofort gestorben war.

„Wir konnten nichts mehr für sie tun", sagte sie. „Ihr Geist hatte die sterbliche Hülle bereits verlassen."

Maike verkniff sich einen Kommentar, dass sie in diesem Punkt lieber auf die Einschätzung des Fachpersonals vertraute. Zoe hielt sich mit Fragen zurück. Vermutlich dachte auch sie, dass sie deutlich mehr Antworten auf ihre Fragen erhalten würde, wenn sie in ein paar Stunden am Obduktionstisch stand.

„Wie kann ich Sie erreichen?", fragte Maike Janine Meißner schließlich, als sie mit ihrer Befragung fertig war. „Sie reisen doch nicht sofort wieder ab, oder?"

Die Lichtheilerin rümpfte die Nase. „Ich bin in der hiesigen Pension untergekommen. Und leider muss ich sagen: Die hat eine ganz schlechte Energie. Bitte verlangen Sie nicht von mir, dort länger als eine Nacht zu bleiben."

Maike kannte die Pension Reibach gut und konnte der Frau in diesem Punkt nicht widersprechen. Sie verabschiedete sich freundlich von den beiden und zog Plastikhandschuhe und Schuhüberzieher an, um einen Blick auf das zerstörte Gewächshaus zu werfen. So schnell würden dort keine Ranunkeln mehr wachsen.

Anschließend ließen Zoe und sie sich von Lukas zu Walter Pöller fahren, der oben am Hang arbeitete.

Der Leiter der Spurensicherung trug wie immer seinen weißen Arbeitsanzug und befehligte sein Team wie ein erfahrener Dirigent sein Orchester. Er und seine beiden Kollegen hatten einen Bereich abgesperrt, dort, wo die geteerte Straße den Hügel hinunter eine Kurve machte. Weiter oben erhoben sich mehrere Neubauten in unterschiedlichen Baustadien. An der abgesperrten Stelle fiel der Hügel steil ab. Maike schätzte, dass es dort gut zehn Meter in die Tiefe ging. Unten am Hang lagen, umgeben von Ackerland, die Überreste von Sandra Kuschels Gewächshaus.

„Ah, meine Lieblingsspürnasen sind da", grüßte Pöller und kam mit einer Plastiktüte in der Hand auf sie zu.

„Nanu", wunderte sich Maike. „So gut gelaunt kenne ich Sie ja gar nicht."

„Ach." Er winkte ab und blieb vor ihnen stehen. „Meine Schwiegereltern sind zu Besuch und haben die ganze Familie zu einer Schiffstour auf dem Rhein verdonnert. Nee, nee, das ist nichts für mich." Er schwenkte die Tüte hin und her. „Dank Ihrer jüngsten Katastrophe hier kann ich mich entschuldigen und zu Hause bleiben."

„Sie verstehen sich wohl nicht sonderlich gut mit Ihren Schwiegereltern?", fragte Maike und nahm den Plastikbeutel in Augenschein. „Was haben wir denn da?"

Pöller überließ ihr sein Fundstück. Im Beutel lagen mehrere Plastiksplitter.

„Von einem Scheinwerfer?", fragte Maike.

„Sieht so aus", antwortete Pöller. „Und, na ja, Sie wissen ja, wie die sind."

„Scheinwerfer?"

Pöller winkte ab. „Nein, Schwiegereltern."

„Also meine Schwiegermutter hat uns hergebracht", teilte Zoe Pöller mit und warf auch einen Blick auf den Beutel. „Sie glauben, dass die Splitter mit der Toten zu tun haben könnten?"

Pöller zuckte mit den Schultern und deutete zurück auf die Straße. „Dort vorne gibt's eine kurze Bremsspur."

Maike überlegte. „Unfall mit Fahrerflucht? Was meinen Sie?"

„Könnte sein", meinte Pöller. „Falls diese Spuren überhaupt etwas mit der Toten zu tun haben."

Lukas warf einen Blick nach unten zum Gewächshaus. „Freiwillig wird Frau Aal vermutlich nicht hier runtergesprungen sein."

„Ausschließen können wir nichts", erinnerte Maike ihn.

„Die Bremsspuren sind auf jeden Fall noch frisch." Pöller führte sie hinüber zur Straße und beleuchtete mit der Taschenlampe den Teerbelag, auf dem sich deutlich dunkle Streifen abzeichneten. „Sehen Sie." Er wies auf eine Stelle, die fast schwarz war. „Hier haben die Reifen blockiert. Der Fahrer – oder die Fahrerin – ist heftig in die Eisen gestiegen. Und hier." Er ging in die Hocke und deutete auf eine hellere dünnere Linie, die parallel zur Reifenspur verlief. „Das stammt vermutlich von einem Steinchen, das im Reifenprofil steckte und beim Schleifen über die Fahrbahn gekratzt ist."

„Und woher wissen Sie, dass die Spur frisch ist?", wollte Lukas wissen.

„Weil sie da ist. Gestern Nachmittag hat's in Köln stark geregnet. Sicher doch auch in Niederteerbach, oder?"

Lukas bestätigte.

„Solche Kratzspuren werden von Starkregen meist vollständig weggewaschen. Die hier ist aber noch da."

Maike blickte die leere Straße hinauf und hinunter. Wer fuhr mitten in der Nacht durch ein unbewohntes Neubaugebiet?

Und was hatte die Lehrerin Katharina Aal hier gemacht?

Zoe gab den Plastikbeutel mit den Scheinwerfersplittern an Pöller zurück. „Wenn das Opfer von einem Auto angefahren wurde, finden wir das wahrscheinlich bei der Obduktion heraus."

„Wir brauchen noch die Erlaubnis vom Staatsanwalt", warf Lukas ein.

Die beiden Frauen wechselten einen Blick.

„Rufst du ihn an oder soll ich?", fragte Zoe.

Maike fühlte sich kurz versucht, Zoe mit Sandro sprechen zu lassen, dann kniff sie die Arschbacken zusammen und kümmerte sich selbst darum.

„Maike", begrüßte Sandro sie bereits nach dem zweiten Klingeln. Er klang noch nicht einmal verschlafen. „Was gibt's?"

„Es ist beruflich", sagte sie schnell, dann herrschte für einen Moment Schweigen.

„Alles gut bei dir?", fragte er.

„Ja", antwortete sie. „Es gibt eine Leiche in Niederteerbach." Sie erzählte ihm, was passiert war. Erleichtert stellte sie fest, dass es einfacher war, mit ihm zu sprechen, als sie befürchtet hatte.

Nach dem Telefonat begutachtete sie mit Zoe und Lukas noch einmal die Überreste des abgebrannten Gewächshauses und beobachtete, wie Bürgermeisterin

Graefe Sandra Kuschel und Frau Melusine in ihren Wagen bugsierte, um sie nach Hause zu fahren. Dann schloss sie ihre vorläufigen Ermittlungen vor Ort ab.

Während Jutta mit Zoe nach Köln zurückfuhr, ließ Maike sich von Lukas zu ihrer Wohnung bringen. Danach klingelte sie Jens aus dem Bett, der das zuständige Kriminalkommissariat in Köln leitete, um seine Freigabe für die Ermittlungen zu erhalten.

Kapitel 4

Viel Schlaf bekam Maike in dieser Nacht nicht mehr, aber wenigstens blieb er traumlos. Als um neun Uhr der Wecker klingelte, musste sie sich zwingen, aufzustehen. Sie fütterte ihre beiden Mitbewohner Crockett und Tubbs, die hungrig von ihrem Kratzbaum sprangen, versuchte, unter der Dusche wach zu werden, und schleppte sich schließlich zur Arbeit. Als sie vor die Haustür trat, hing der Geruch von verbranntem Hanf über Niederteerbach wie eine Dunstglocke.

Gabi begrüßte sie im Büro mit einer großen Tasse Kaffee.

„Nach was riecht es denn hier?", fragte Maike.

„Waldfrucht", behauptete Gabi.

Maike schnupperte noch einmal. Tatsächlich, in das typische Hanfaroma mischte sich der Duft von Heidelbeerjoghurt. Von äußerst künstlichem Heidelbeerjoghurt allerdings. Gabi zog eine Sprühdose aus ihrem Schreibtisch-Trolley und wedelte damit in der Luft herum.

„Dem Erwin war's heute Morgen schon zu heiß. Er hat gelüftet und dieser penetrante Geruch ist reingezogen. Gut, dass ich das Raumduftspray noch hier hatte."

Maike war sich nicht so sicher, ob das ‚gut' war.

Sie wandte sich an Lukas, um zu sehen, was er davon hielt, und stellte erst jetzt fest, dass er völlig verknittert aussah – vom Gesicht über das Hemd bis zur Hose. Die kurze Nacht war also auch an ihm nicht spurlos vorübergegangen. Und das, obwohl er wesentlich jünger war als sie. War es charakterlich schwach, dass sie bei diesem Gedanken eine gewisse Befriedigung empfand?

„Hast du in deinen Klamotten geschlafen?", fragte sie. Lukas nickte.

Gabi beugte sich verschwörerisch zu ihr. „Ich habe ihn heute Morgen in der Arrestzelle entdeckt und mich beinahe zu Tode erschreckt."

„Ist alles in Ordnung bei dir?", hakte Maike nach.

„Es war schon so spät", verteidigte sich Lukas. „Wenn ich erst zu mir nach Hause gefahren wäre und dann wieder hierher ..."

Er sprach den Satz nicht zu Ende, und das musste er auch gar nicht.

„Deshalb habe ich dir heute früh ja auch angeboten, auf meiner Couch zu schlafen", sagte Maike.

Sofort drückte Lukas den Rücken durch. „Das geht nicht. Du bist schließlich meine Chefin."

„Eben", entgegnete Maike. „Da habe ich eine gewisse Fürsorgepflicht." Sie kramte in ihrer Hosentasche. „Willst du wenigstens kurz in meine Wohnung laufen und duschen?"

Er schüttelte den Kopf. „Nicht nötig. Hab ich schon beim Erwin gemacht."

Erwin übernahm ein paarmal die Woche die Nachtschicht in Niederteerbach und wohnte gleich um die Ecke.

Lukas' Magen knurrte. Er stand auf. „Aber vielleicht geh ich noch mal kurz zum Bäcker und hol mir was zum Frühstücken. Konnte mir ja heute von zu Hause nichts mitnehmen."

„Nicht so hastig." Sabine Graefe erschien in der Tür. Ihr grauhaariger Bob war wie immer perfekt gestylt, das schicke Kostüm mit dem Bleistiftrock makellos. An ihr war der nächtliche Ausflug augenscheinlich spurlos vorübergegangen. Hinter ihr stand ihr Assistent Nicholas von Marking und tippte auf seinem Tablet herum.

„Frau Graefe", begrüßte Maike sie betont freundlich. „Gut geschlafen?"

„Gut geschlafen?" Die Augen der Bürgermeisterin sprühten beinahe Funken. „Vor ein paar Stunden ist ein beliebtes Mitglied unserer Gemeinde durch das Dach eines Gewächshauses gestürzt und durch Niederteerbach zieht seither eine Hanfwolke. Frau Pech, wir brauchen da schnell eine Lösung, und zwar Rucki Zucki."

„Und wie soll die aussehen?", fragte Maike. „Soll ich einen Regentanz aufführen und Wind beschwören?"

Kurz dachte sie an Sandra Kuschels Lichtheilerin. Vielleicht sollte sie die Bürgermeisterin an Frau Melusine verweisen.

Frau Graefe hatte an diesem Morgen offenbar keinen Sinn für Humor. „Sehr witzig", entgegnete sie. „Ich meinte natürlich wegen Katharina Aal. Um das Hanfdebakel kümmern wir uns bereits." Sie deutete auf ihren Assistenten. „Herr von Marking beantwortet die Presseanfragen. Was mich zum eigentlichen Punkt meines Besuchs bringt. Raten Sie mal, wer mich vor zehn Minuten angerufen hat?"

Maike, Gabi und Lukas wechselten Blicke. Und es schien, als hätte niemand Lust, auf die Frage der Bürgermeisterin zu antworten. Sie tat es selbst.

„Willy Herzog", ließ Sabine Graefe sie wissen, und ihre Stimme klang kalt. „Er hat mir versichert, dass es ihm ganz furchtbar leidtut, was da schon wieder in Niederteerbach los ist, und dann auch noch bedauernd festgestellt, dass es heute ja ziemlich heiß werden und bedauerlicherweise nicht regnen soll."

„Das habe ich im Radio heute Morgen auch gehört", entschlüpfte es Gabi.

Die Graefe seufzte auf. „Sehen Sie, Frau Pech. Frau Petzold versteht mich."

Maike verschränkte die Arme vor der Brust. „Ich kann Ihnen versichern, Frau Graefe, wir kümmern uns so schnell wie möglich darum, die Todesumstände von Frau Aal aufzuklären."

Tatsächlich erblühte bei diesen Worten ein Lächeln auf dem Gesicht der Bürgermeisterin. „Das weiß ich doch, Frau Pech. Auf Sie ist Verlass." Sie blickte in die Runde. „Ich frage mich allerdings, woher Willy Herzog schon wieder wusste, was hier los ist."

„Na ja", murmelte Lukas. „Den Hanfgeruch kann man ja gar nicht ignorieren."

„Und gestern Nacht sind Feuerwehr und Krankenwagen ausgerückt", fügte Maike hinzu.

Sabine Graefe strich sich eine Haarsträhne zurecht, die gar nicht aus der Fassung geraten war. „Gut. Ich darf also annehmen, Sie haben keine Informationen nach draußen gegeben?"

„Natürlich nicht", sagte Maike sofort.

Gabi und Lukas schüttelten heftig den Kopf.

„Tja dann. Sie informieren mich, sobald es etwas
Neues gibt?"

„Wie immer", antwortete Maike diplomatisch und
verzichtete auf den Hinweis, dass sie das gar nicht tun
durfte. Die Bürgermeisterin war keine polizeiliche Er-
mittlerin, auch wenn sie das selbst hin und wieder ver-
gaß.

„Und wir sehen uns heute Nachmittag, Frau Petzold",
sagte sie zum Abschied.

Gabi nickte und Sabine Graefe zog von dannen. Von
Marking folgte ihr wie ein Schoßhündchen.

„Heute Nachmittag?", fragte Maike neugierig und sah
erstaunt, wie Gabi in sich zusammensank.

„Das digitale Archiv! Das schlimmste Projekt aller Zeiten. Damit treibt sie mich noch in den Wahnsinn." Sie
stellte das Raumspray zurück in die Schublade und
holte zwei Äpfel, drei Unterteller und ein Obstmesser
hervor. „Für diese ganze Digitalisierung hat doch keiner von uns Zeit!" In Seelenruhe begann sie, die reifen
Früchte in Schnitze zu schneiden.

„Jetzt hast du dafür wirklich keine", bestärkte Maike
sie. „Kannst du mir irgendwas über Katharina Aal sagen? Ich meine, außer, dass sie Lehrerin ist? Bezie-
hungsweise war?"

„Nicht viel", antwortete Gabi. „Sie war eine Einzelgän-
gerin, soweit ich das beurteilen kann."

„Keine Freunde oder einen Lebensgefährten oder so?"

„Oder eine Lebensgefährtin?", schob Lukas hinterher.

Gabi schüttelte den Kopf. „Sie ist erst vor ein paar Jahren hierhergezogen. Und ich wüsste jetzt nicht, dass sie
in irgendeinem Verein war oder so."

Maike beugte sich über den Schreibtisch näher zu ihr. „Sie ist Lehrerin in Köln, sucht sich aber eine Wohnung in Niederteerbach?"

„Ihrer Familie gehört das Haus, in dem sie lebt." Gabi begann mit Hingabe Apfelstück für Apfelstück auf die drei Untertassen zu verteilen. „Haben die wohl vor ewigen Zeiten mal gekauft, als Wochenend- und Urlaubsdomizil."

Maike nippte schnell an ihrem Kaffee, um sich einen Kommentar verkneifen zu können. Das verschrobene Örtchen war ihr inzwischen ans Herz gewachsen, ja. Aber Niederteerbach als Urlaubsdomizil?

Höchstens in den Wahnvorstellungen der Bürgermeisterin.

„Die Aals waren aber nie hier", fuhr Gabi fort. „Jedenfalls nicht, solange ich mich erinnern kann. Die Ladenwohnung im Erdgeschoss ist schon seit Jahren an die Haar-Moni vermietet. Ach, da fällt mir ein, dass ich einen neuen Termin machen wollte." Sie legte Messer und Apfel beiseite und machte sich eine Notiz auf ihrer Schreibtischunterlage.

„Und die Aal hat in der Wohnung über dem Laden gewohnt?", fragte Maike.

Gabi nickte.

„Was hat sie dann im Neubaugebiet gemacht?", überlegte Maike laut. „Das ist eine halbe Weltreise von der Haar-Moni entfernt."

Gabi stand auf, stellte eine Untertasse mit Apfelschnitzen auf Lukas' Schreibtisch, eine andere drückte sie Maike in die Hand. „Wahrscheinlich hat sie ihre Schwester besucht."

Maike war von dieser Äußerung so überrumpelt, dass sie die Untertasse mit dem Obst entgegennahm. „Ihre Schwester?"

„Ja. Eine Anwältin aus Köln. Gerade hergezogen."

„Ins neue Neubaugebiet?", hakte Lukas nach. „Aber da wohnt doch noch niemand."

„Doch", entgegnete Gabi. „Ganz oben, das erste Haus auf der Spitze des Hügels. Hanglange. So ‘n hässlicher, moderner Protzbau. Passt überhaupt nicht nach Niederteerbach, wenn ihr mich fragt."

Maike stellte die Untertasse auf dem Aktenschrank ab. „Aber heute Nacht hieß es, im Neubaugebiet wohnt noch niemand."

„Ist ja auch wirklich erst ganz frisch eingezogen. Hab ich am Montag beim Metzger erfahren, als ich die Großbestellung für die Jubiläumsfeier der Sargfabrik aufgegeben habe. Der Vincent Rossbach hat doch meinen Harald fürs Catering engagiert."

Maike und Lukas wechselten einen Blick. „Wir waren gestern mit Feuerwehr, Spurensicherung und Krankenwagen dort", sagte sie. „Es hat gebrannt. Und die Schwester lässt sich nicht blicken?"

„Vielleicht war sie nicht da", sagte Gabi laut und setzte sich wieder hinter ihren Schreibtisch. „Vielleicht ist sie … … weggefahren?"

Maike streckte den Rücken durch. „Ich würde sagen, das überprüfen wir jetzt gleich mal. Weißt du, wie die Schwester heißt?"

„Stefanie, glaube ich", antwortete Gabi. „Oder Simone. Auf jeden Fall heißt sie auch Aal. Das hab ich mir gemerkt, weil die Uschi beim Metzger sie als aalglatt bezeichnet hat."

Als niemand etwas darauf erwiderte, fokussierte Gabi ihren Computerbildschirm. „Also ich fand's witzig", murmelte sie.

Lukas hatte inzwischen seine Sachen zusammengesammelt und kam hinter dem Schreibtisch hervor.

„Ich kümmere mich dann mal um den Background-Check der Schwestern", sagte Gabi.

Maike trat an ihren Schreibtisch. „Danke. Kannst du dir bitte auch mal unsere Lichtheilerin genauer anschauen? Die Notizen von Lukas hast du ja, oder?"

„Klar." Gabi fing an zu tippen.

Maike nahm nun doch einen Apfelschnitz und steckte ihn sich in den Mund. „Danke", wiederholte sie.

„Nanu, du isst freiwillig Obst?", erklang eine wohlvertraute Stimme in ihrem Rücken. Überrascht drehte sie sich um.

„Martin?" Ihre Lippen verzogen sich wie von selbst zu einem Lächeln. „Was machst du denn hier?"

Sie hatte erst heute Abend mit ihm gerechnet.

Martin lächelte ebenfalls kurz, doch dann wurde seine Miene ernst. „Ich muss dringend mit dir sprechen. Hast du eine Minute?"

Kapitel 5

Maikes Magen zog sich beunruhigt zusammen, als sie Martin in ihr kleines Büro nebenan führte.

„Geht es um Billie?", fragte sie leise, nachdem sie die Tür hinter sich geschlossen hatte.

Von der anderen Seite der Rigipswand drangen gedämpft Gabis' und Lukas' Stimmen zu ihnen.

„Setz dich bitte", sagte Martin sanft.

Ihre Glieder verkrampften. Martin ließ den schwarzen Rucksack von seiner Schulter gleiten und setzte sich selbst auf den Besucherstuhl. Sie zwang sich, ebenfalls Platz zu nehmen, und begann mit ihrem Fingernagel an einer Scharte in der Tischplatte zu kratzen.

„Ich muss nach Frankfurt", sagte Martin endlich. „Heute noch."

„Habt ihr ...“

„Nein", unterbrach er sie schnell. „Aber sie haben heute Morgen endlich die Leiche von Hans Wagner exhumiert. Immerhin war der Hof, auf dem ihr Billies Leiche gefunden habt, seiner. Vielleicht finden wir einen Hinweis in seinem Sarg oder an seiner Leiche."

Ihre Hände ballten sich zu Fäusten. „Er war es nicht", stieß sie hervor.

Hans Wagner war der ehemalige Besitzer des Bauernhofes, in dessen versteckter Kerkerzelle Billies sterbliche Überreste gelegen hatten. Die SoKo zog in Erwägung, dass er der Täter war. Für Maike ergab das wenig Sinn. Wagner war seit über zwanzig Jahre tot, fast genauso lange wie Billie. Danach war es jedoch zu ähnlichen Morden gekommen, zuletzt in Frankfurt, wo am Tatort das Armband von Billie und das Foto von Niederteerbach gefunden worden waren, die Maike im letzten Jahr hierhergeführt hatten.

„Vielleicht war er es doch", widersprach Martin.

Maike starrte ihn überrascht an. Sie waren sich doch einig gewesen, dass …

„Der Sarg ist leer", fuhr er fort.

Plötzlich fühlte Maike sich, als habe jemand eine riesige Kirchenglocke direkt neben ihrem Ohr geschlagen. Ihr Kopf begann zu dröhnen und ihr wurde heiß und kalt.

„Leer?"

Martin streckte den Arm über den Schreibtisch und griff nach ihrer Hand. „Geht es dir gut?"

„Was meinst du damit: der Sarg war leer?"

Er zögerte. „Wir müssen in Erwägung ziehen, dass Wagner noch lebt", sagte er dann. „Er könnte seinen Tod fingiert haben. Die Kollegen erwirken gerade einen Beschluss, um auch die Leiche seiner Ehefrau Johanna Wagner zu exhumieren."

Maike zog die Hand zurück und stand auf. „Dieses Schwein!" Sie spürte, wie sich kalte Wut in ihr ausbreitete. Langsam lief sie im Raum auf und ab.

Martin stand ebenfalls auf, ging zu ihr und legte seine Arme um sie. Ihr erster Impuls war, ihn abzuschütteln, doch dann drückte sie sich an ihn und presste ihre Stirn auf seine Schulter.

Atmen, Maike, sagte sie zu sich selbst. Einatmen. Ausatmen.

„Er ist noch am Leben", murmelte sie, während Martin ihr über den Rücken streichelte.

„Vielleicht", sagte er.

Unter seinen Berührungen spürte sie, wie ihre Angst und ihre Wut zumindest etwas abebbten.

„Und jetzt?", fragte sie schließlich.

„Ich muss nach Frankfurt. Große Besprechung mit dem Ermittlerstab dort. Wir wollen noch einmal die Köpfe zusammenstecken."

Sie nickte und löste sich von ihm.

Nimm mich mit, hätte sie am liebsten gesagt. Aber sie wusste, dass das nicht ging. Sie und Billie hatten sich zu nahegestanden. Deshalb würde man sie auch nie zu einem Teil der SoKo werden lassen.

Und dann war da ja auch noch Katharina Aal.

Einerseits fiel es Maike im Licht der neuen Ereignisse rund um Billie schwer, sich auf die Ermittlungen zu konzentrieren, andererseits war Katharina Aal wahrscheinlich auch einem Verbrechen zum Opfer gefallen und hatte es verdient, dass man den Fall aufklärte. Sie musste sich konzentrieren.

„Wann musst du los?", fragte sie Martin.

„Gleich", antwortete er. „Deshalb bin ich auch jetzt hierhergekommen." Er ging hinüber zum Besucherstuhl und schnappte sich seinen Rucksack. Statt ihn aufzusetzen, stellte er ihn auf ihren Schreibtisch und deutete darauf. „Schau mal rein."

Neugierig öffnete sie den Reißverschluss. Als der Rucksack aufklaffte, fiel ihr Blick auf eine große Packung Marzipanschokolade.

Trotz allem stahl sich ein Lächeln auf ihr Gesicht. „Für mich?"

„Das auch", antwortete Martin. „Schau mal weiter."

Sie zog die Packung aus dem Rucksack und starrte auf die zusammengerollten T-Shirts, die darin lagen.

„Dachte, ich könnte ein paar Sachen bei dir lassen. Dann muss ich mir keine Gedanken machen, wenn ich das nächste Mal spontan bei dir übernachte."

Überrascht hob sie den Blick und sah, dass Martin vielsagend mit dem Kopf Richtung Rigipswand deutete. Neugierig öffnete Maike den Rucksack etwas weiter und entdeckte die Ecke einer braunen Aktenmappe. Ihre Augen weiteten sich. Martin legte einen Finger auf die Lippen.

„Pack das am besten alles zu Hause aus", sagte Martin, als sie mit zittrigen Fingern nach der Akte griff. Er kam um den Schreibtisch herum und zog sie noch einmal in die Arme. „Deine Kollegen müssen ja nicht wissen, dass ich dir das mitgegeben habe", sagte er doppeldeutig.

Sie verstand und ihr Herz klopfte schneller. Er überließ ihr eine Akte, die er ihr eigentlich nicht hätte geben dürfen.

„Ich muss jetzt los." Martin klang bedauernd und trotz des Gefühlswirrwarrs in ihrem Bauch fand auch sie es schade, dass er den Abend nicht mit ihr verbringen würde.

„Pass auf dich auf", bat sie ihn.

„Du auch auf dich", erwiderte er.

Und dann küssten sie sich.

Kapitel 6

Zoe traf Doktor Häslein im Flur vor dem Obduktionssaal. Er stand unter einer Fotografie des Drachenfels', war bereits von Kopf bis Fuß in seine Schutzkleidung gehüllt und strahlte ihr fröhlich entgegen.

Sie hatte ihn kurzfristig um Hilfe gebeten. Zum einen, weil er Miras Doktorvater war und es deshalb von Vorteil sein würde, wenn er sie in Aktion erlebte. Zum anderen, weil Thomas ihr heute nicht helfen konnte. Als sie erfahren hatte, dass die exhumierte Leiche von Johanna Wagner ins Institut gebracht wurde, hatte sie ihn gebeten, die Obduktion durchzuführen. Zoe und Thomas arbeiteten seit vielen Jahren zusammen. Sie vertraute ihm. Er würde nichts übersehen.

„Guten Morgen, Frau Kollegin", grüßte Rüdiger Häslein.

Zoe zwang sich, die Gedanken an die Leiche von Johanna Wagner zur Seite zu schieben. Sie mochte Doktor Häslein. Er war über zwanzig Jahre älter als sie und bereits langjähriger Mitarbeiter am rechtsmedizinischen Institut gewesen, als sie hier angefangen hatte.

„Doktor Häslein."

„Sie sehen müde aus, Frau Kollegin. Alles in Ordnung?"

„Ja, ja." Sie wischte seine Sorge mit einem Lächeln beiseite und zog Gummihandschuhe aus ihrer Tasche. „Ich habe nur nicht viel Schlaf bekommen. Ich war gestern Nacht vor Ort, als die Leiche von Katharina Aal geborgen wurde."

„Oh. Bei der Hanffarm?"

Sie lachte. „Also eine Hanffarm war es nun nicht gerade. Behauptet das der Flurfunk?"

Rüdiger Häslein nickte.

Aus dem Saal, vor dem sie standen, erscholl lautes Geklapper.

„Wir sollten reingehen", sagte Zoe. „Mira wartet offenbar schon auf uns."

Und das tat sie. Mira Tierbach stand hinter dem Obduktionstisch, auf dem die Leiche von Katharina Aal aufgebahrt lag. Sie hatte das Besteck und die Instrumente bereits auf dem Tablett angerichtet, damit sie sofort griffbereit waren. Sie selbst stand mit dem Tablet in der Hand vor dem Organtisch. Die Plastikhaube auf ihrem Kopf saß heute so akkurat, dass nicht eine einzige rote Haarsträhne darunter hervorspitzte.

„Guten Morgen", grüßte sie eine Spur zu laut.

„Guten Morgen, Frau Tierbach", erwiderte Doktor Häslein.

„Hallo, Mira", sagte Zoe.

Ihre Sektionsassistentin kam auf sie zu, streckte ihr den Arm mit dem Tablet entgegen. „Die Aufnahmen des CTs sind da."

Zoe unterdrückte ein Grinsen. Mira wirkte sonst immer ganz abgebrüht. Dass ihr Doktorvater die Obduktion heute begleiten würde, machte sie offenbar nervös. Sie nahm ihr das Tablet ab und blickte gemeinsam mit Doktor Häslein auf den Bildschirm.

„Da sind ja mehr Knochen gebrochen als heil geblieben“, kommentierte Doktor Häslein; er klang fasziniert.

„Sie ist über eine Steilkante gefallen“, erklärte Mira. „Mehrere Meter in die Tiefe.“

„Und dann ist sie durch das Glasdach eines Gewächshauses gekracht“, ergänzte Zoe ernst. Sie gab Mira das Tablet zurück und trat an den Edelstahltisch.

Das letzte Mal, als sie Katharina Aal gesehen hatte, war bei einer Schulaufführung an Sarahs Gymnasium gewesen. Ihren geschundenen Körper jetzt leblos vor sich liegen zu sehen, verursachte ihr trotz der jahrelangen Erfahrung leichte Übelkeit. Schnitte und blaue Flecken überzogen die Beine, das Gesicht und den Torso. Aus ihrer Stirn ragte eine Glasscherbe. Zoe konnte nur hoffen, dass Katharina Aal sofort tot gewesen war.

Doktor Häslein und Mira traten neben sie.

„Seht ihr das riesige Hämatom dort?“ Sie deutete auf den rechten Oberschenkel. „Dort muss das Auto sie erwischt haben.“

„Auto?“, fragte Doktor Häslein.

Zoe nickte. „Die Spurensicherung vermutet, ein Auto hat sie erfasst.“

„Unfall mit Fahrerflucht?“, fragte Mira.

„Oder ein geglückter Mordanschlag“, entschlüpfte es ihr.

Doktor Häslein schnalzte mit der Zunge. „Das herauszufinden, ist die Aufgabe Ihrer Freundin, Frau Dr. Schwäfel.“

Natürlich wusste er von ihrer und Maikes Freundschaft – wie jeder am Institut. Maike war ja auch ein paar Mal hier im Institut gewesen. Sie blickte ihn an und er lächelte freundlich zurück.

„Was ist das?", fragte er, ehe sie etwas sagen konnte.

„Sieht aus wie der Abdruck eines Reißverschlusses", bemerkte Mira.

Zoe trat näher und starrte auf die Stelle unter dem Jochbein. Sie griff nach einer Taschenlampe und beleuchtete den Bereich. „Du könntest recht haben."

„Als man sie hergebracht hat, trug sie eine dieser schrecklichen Ballonseide-Jacken."

„Wie sie in den 80er-Jahren modern waren?" Zoe erinnerte sich mit Schaudern an den Trainingsanzug ihrer frühen Kindheit.

„Japp. In Neon-Pink mit türkisfarbenen Streifen. Furchtbar hässlich das Teil. Und mehrere Nummern zu klein. Sie muss sich regelrecht hineingequetscht haben."

Zoe runzelte die Stirn. „Also in der Schule war die Aal eigentlich immer recht geschmackvoll gekleidet."

„Würden Sie uns diese Jacke bitte noch mal besorgen, Mira?", fragte Doktor Häslein. „Dann können wir nachprüfen, ob der Abdruck tatsächlich zu dem Reißverschluss passt."

„Natürlich, gerne." Mira lief sofort los.

„Nein, nicht jetzt", rief ihr Doktorvater sie zurück. „Nachher. Erst die Obduktion."

Mira wurde rot. „Ach so, ja, klar!"

Zoe griff nach dem Diktiergerät und reichte es Mira.

„Können wir?", fragte sie in die Runde.

Mira und Doktor Häslein signalisierten stumm ihr Einverständnis.

„Gut", sagte sie zufrieden. „Dann lasst uns anfangen."

Mira schaltete das Diktiergerät ein.

Die Obduktion verlief reibungslos, ohne große Überraschungen und etwas ernster als üblich – vielleicht auch, weil sie wegen der Abwesenheit von Thomas und der Anwesenheit von Doktor Häslein auf ihre übliche Holmes-&-Watson-Runde verzichteten.

Inzwischen war sich Zoe sicher, dass Katharina Aal von einem Fahrzeug erwischt worden war. Den Befund der Blutuntersuchung und des Mageninhalts mussten sie allerdings noch abwarten. Vielleicht hielt dieser noch Überraschungen für sie bereit. Anzeichen für eine Vergiftung hatten sie bei der Obduktion allerdings nicht feststellen können.

Zoe war stolz auf Mira, die ihre Sache – wie immer – sehr gut gemacht und ihre Nervosität schlussendlich in den Griff bekommen hatte. Doktor Häslein hatte ihr versichert, mehr als zufrieden mit ihrer Leistung gewesen zu sein.

Sie war gerade im Begriff, Maike anzurufen, um ihr von den Ergebnissen der Obduktion zu berichten, als Thomas den Kopf zur Tür hereinsteckte.

„Störe ich?"

„Nein, nein, komm rein."

Er trug keine Schutzkleidung. Das bedeutete wohl, er hatte die Obduktion von Johanna Wagner bereits hinter sich gebracht. Er schloss die Tür hinter sich und ließ sich auf einem der beiden kastenförmigen Loungesessel nieder, die Zoes Schreibtisch gegenüberstanden.

„Wie hat sich Mira geschlagen?", fragte er.

Zoe lächelte. „Was glaubst du?"

„Dass wir uns Sorgen machen müssen, dass wir sie bald verlieren, weil sie ihren Doktortitel in der Tasche hat?"

„Ich hoffe nicht", entfuhr es Zoe. „Würde mir schwerfallen, auf sie zu verzichten. Auf dich übrigens auch."

Thomas' Mundwinkel zuckten. „Danke. Gleichfalls."

Kurz schwiegen sie, dann schaute Zoe auf das Klemmbrett in seinen Händen. „Und?"

Er seufzte. „Traurig. Also, eines natürlichen Todes ist Johanna Wagner meines Erachtens nicht gestorben."

Er berichtete von schlecht verheilten Knochenbrüchen und Zoe fühlte sich auf unangenehme Art an Katharina Aal erinnert. Und natürlich an Billie. Was hatte sie ertragen müssen?

„Kann ich mal sehen?", fragte sie, als Thomas fertig war mit seinem Bericht.

Er gab ihr das Klemmbrett und sie blätterte durch die Unterlagen.

„Ist das der Arztbrief von Hans Wagner?"

Thomas nickte. „Gerade gefaxt worden. Deshalb bin ich hergekommen."

Zoe sog die Luft durch die Nasenlöcher ein und überflog die Informationen. Sie hatten sich die Arztbriefe der Wagners wegen der Obduktion von den alten Praxen schicken lassen.

„Sieht so weit alles in Ordnung aus."

„Abgesehen von der Säuferleber."

„Hmhm."

„Hast du was Anderes erwartet?"

Sie seufzte und legte das Klemmbrett auf den Tisch. „Ich weiß nicht. Irgendwie habe ich erwartet ... ach, ich weiß auch nicht." Sie massierte sich mit den Fingern die Schläfen. Es kam ihr so vor, als würde sie etwas übersehen. Noch einmal griff sie nach dem Arztbericht.

„Da ist nichts, Zoe." Thomas stand auf.

„Wahrscheinlich hast du recht", räumte sie ein und gab ihm die Unterlagen zurück.

„Willst du selbst noch mal einen Blick auf die Leiche werfen?", fragte er.

Sie zögerte. Dann presste sie die Lippen zusammen und nickte.

Thomas öffnete die Bürotür.

„Einen Augenblick noch", bat sie. „Ich schicke Maike nur noch schnell eine Textnachricht mit den Ergebnissen der Obduktion von Katharina Aal."

Kapitel 7

Nachdem Martin gegangen war, fuhren Maike und Lukas ins Neubaugebiet zur Schwester von Katharina Aal. Gabi hatte inzwischen herausgefunden, dass sie tatsächlich Stefanie hieß. Eigentlich hätte Maike viel lieber die SoKo-Akte über Billie unter die Lupe genommen, das musste jetzt aber noch ein kleines bisschen warten.

„Wer will hier einziehen? Eine Großfamilie?", sagte sie, als Lukas den Twizy vor dem viereckigen Betonklotz anhielt, der auf der Hügelspitze thronte. Der Neubau war verputzt, jedoch noch nicht gestrichen, besaß über dem Erdgeschoss noch zwei weitere Stockwerke und ein Flachdach, dessen Metallgeländer darauf hindeutete, dass man es als Dachterrasse nutzen konnte. Dank der schönen Hanglage musste man von dort aus sicher weit über die Flur schauen können.

An das Haus schmiegte sich eine Doppelgarage, deren Tore geschlossen waren.

„Dort werfen wir gleich mal einen Blick rein", schlug Lukas vor und schnallte sich ab.

Maike nickte und schob sich das letzte Stück Croissant in den Mund, das Lukas ihr mitgebracht hatte, als er kurz in die Bäckerei gesprungen war, um seinen knurrenden Magen zu besänftigen.

Gemeinsam gingen sie die Auffahrt entlang. Auch hier hing überall der Geruch von Rauch und verbranntem Hanf.

Stefanie Aal öffnete ihnen nach dem zweiten Klingeln. Sie sah anders aus, als Maike sich eine Anwältin vorstellte. Sie war vielleicht Ende dreißig, klein und schmal. Die eng sitzende, ausgewaschene schwarze Jeans und das weit fallende, ebenfalls schwarze T-Shirt standen ihr gut. Ihre Augen waren leicht gerötet. Die blonden langen Haare waren feucht, und darin steckte eine Sonnenbrille.

Stefanie Aal sah aus, als stünde sie häufiger auf der Bühne eines Rockfestivals als in einem Gerichtsgebäude.

„Ja, bitte?", fragte sie und als ihr Blick auf Lukas' Polizeiuniform fiel, weiteten sich ihre Augen.

Maike zückte ihre Marke. „Kriminalhauptkommissarin Pech. Das ist meine Kollege Lukas Yilmaz. Dürfen wir reinkommen?"

Stefanie Aal runzelte die Stirn, trat dann aber zur Seite. „Ja. Ja, natürlich."

Sie folgten ihr durch einen langen Flur, der mit kostbar wirkendem Marmor ausgelegt war, in ein Wohnzimmer, das Maike so groß vorkam wie ihre gesamte Wohnung. Eine riesige Couchlandschaft aus schwarzem Leder dominierte den Raum. An einer Wand hing ein Flachbildschirm in Kinoleinwandformat, an einer anderen ein ebenso großes Gemälde, das aussah, als hätte man einfach nur rote und grüne und gelbe Farbe auf die Leinwand gekleckst und sich anschließend darin gewälzt.

Stefanie Aal ging weiter auf eine große Terrasse, von der aus man einen fantastischen Ausblick hatte, allerdings nicht auf Niederteerbach, sondern auf das dahinterliegende Waldgebiet.

„Möchten Sie etwas trinken?“, fragte die Anwältin und deutete auf die Korbstühle, die um einen großen Glastisch herumstanden.

Maike und Lukas verneinten, setzten sich jedoch.

Stefanie Aal ließ sich auf ihrem eigenen Stuhl nieder und schob einen Teller beiseite, der mit Müsli und Joghurt, Bananenscheiben und Granatapfelkernen gefüllt war.

„Entschuldigen Sie bitte“, erklärte sie. „Ich bin vorhin erst aufgestanden. Heute ist mein freier Tag.“

„Lange Nacht gehabt?“, erkundigte sich Maike.

„Warum?“, fragte Stefanie Aal zurück.

Maike unterdrückte ein Seufzen. „Verraten Sie uns, was Sie gestern Nacht gemacht haben?“

Die Miene der Anwältin blieb unbewegt. „Weshalb möchten Sie das wissen?“

„Hier in der Nähe hat es gestern Nacht gebrannt“, sagte Maike schließlich. „Ein Gewächshaus. Keine dreihundert Meter von hier.“

Stefanie Aal lehnte sich im Stuhl zurück. „Ach, deshalb riecht es hier heute so.“

„Die Feuerwehr war da und musste löschen“, nahm Lukas den Faden auf. „Haben Sie davon gar nichts mitgekriegt?“

Sie schüttelte den Kopf. „Wann war das?“

„Gegen vier Uhr heute früh.“

„Nein", sagte sie. „Tut mir leid. Ich war gestern lange auf und hab dann eine Schlaftablette genommen, bevor ich zu Bett gegangen bin."

„Eine Schlaftablette?", fragte Maike irritiert.

Stefanie Aals Miene wurde abweisend. „Neues Bett", sagte sie knapp.

„Waren Sie gestern allein?"

„Nein."

„Wer war denn bei Ihnen? Ihr Mann?"

„Ich bin nicht verheiratet."

„Also leben Sie hier allein?"

„Nein."

Maike lehnte sich seufzend in ihrem Stuhl zurück. „Wenn Sie weiterhin so knappe Antworten geben, bekomme ich noch den Eindruck, Sie hätten etwas zu verbergen."

Stefanie Aal schnaubte. „Entschuldigen Sie. Liegt vermutlich an meinem Beruf. Nein, ich lebe nicht allein, sondern mit meinem Lebensgefährten. Der ist aber gerade nicht da. Er ist seit gestern Vormittag auf einer Geschäftsreise und ich erwarte ihn nicht vor heute Nachmittag zurück. Und ja, ich hatte gestern Besuch. Meine Schwester war bei mir und es wurde spät. Und bevor Sie fragen: Ich war gestern nicht in der Nähe dieses Gewächshauses."

„Ihre Schwester hat Sie gestern Nacht also besucht?", fragte Maike wie beiläufig.

Stefanie Aals Augen verengten sich. „Geht es um Katharina?"

Maike und Lukas wechselten einen Blick.

„Es tut mir leid", sagte Maike schließlich. „Aber ich muss Ihnen leider mitteilen, dass Ihre Schwester in der Nacht von gestern auf heute verstorben ist."

Stefanie Aal verlor die Beherrschung. „Was?!"

„Es tut mir sehr leid", wiederholte Maike.

„Und das sagen Sie erst jetzt?" Stefanie Aal schnellte von ihrem Stuhl auf, überlegte es sich jedoch sofort wieder anders und fiel auf die Sitzfläche zurück. „Was ist denn passiert? Hat es mit diesem Brand zu tun?"

„Ihre Schwester ist gestern über den Rand des Abhangs gestürzt."

Stefanie Aal stand wieder auf. Tränen liefen ihr über das Gesicht.

„Entschuldigen Sie mich bitte kurz", sagte sie mit erstickter Stimme. Ohne eine Erwiderung abzuwarten, stürmte sie ins Haus.

„Was glaubst du?", fragte Maike Lukas, nachdem die Anwältin im Flur verschwunden war.

„Ihre Reaktion?" Er zuckte mit den Schultern. „Wirkte echt auf mich."

Maike nickte. Den Eindruck hatte sie auch. Wie sie Stefanie Aal einschätzte, wollte diese nicht vor ihnen weinen, weil das Schwäche zeigte. Aber Gefühle konnten manchmal trügerisch sein. Sie stand auf und ging zum Rand der Terrasse, um den Hügel hinunterzublicken.

Schön war es hier. Ruhig. Friedlich.

Es dauerte ein paar Minuten, dann kam Stefanie Aal zurück. „Bitte entschuldigen Sie", sagte sie noch einmal. Sie wirkte beherrscht und setzte sich auf ihren Platz, die Hände auf der Tischplatte gefaltet. Wieder fielen Maike ihre geröteten Augen auf, wahrscheinlich von den Tränen. „Können Sie mir bitte sagen, was genau geschehen ist?"

„Das wissen wir leider nicht", gab Maike zu. „Deshalb sind wir hier. Wir versuchen es herauszufinden."

Stefanie Aal nickte. Sie griff nach ihrer Kaffeetasse. Ihre Hand zitterte dabei so stark, dass das Porzellan klapperte, als es an die Untertasse stieß.

„Katharina hatte gestern einen richtig beschissenen Tag", sagte sie, nachdem sie einen Schluck getrunken hatte. „Deshalb ist sie zu mir gekommen. Eigentlich wollten wir ins Kino gehen. Aber dann sind wir einfach hiergeblieben, damit sie sich auskotzen konnte."

Aus den Augenwinkeln sah Maike, dass Lukas sich Notizen machte. Sie selbst ließ deshalb ihren Block stecken und konzentrierte sich ganz auf Stefanie Aal. Entweder war sie eine hervorragende Schauspielerin – etwas, das im Anwaltsberuf nicht selten war –, oder sie sagte die Wahrheit.

„Wir haben ein bisschen zu viel getrunken. Ich hab sie überredet, länger zu bleiben und ihr gesagt, sie soll sich einfach einmal in ihrem Leben krankmelden." Ein trauriges Lächeln huschte über ihr Gesicht. „Kathi ist immer so verdammt pflichtbewusst."

„Ihre Schwester war Lehrerin?", hakte Maike nach, als der Redefluss ins Stocken geriet.

„Ja. Für Kunst und Geschichte." Stefanie Aal biss sich auf die Unterlippe und strich sich eine der feuchten Haarsträhnen hinters Ohr. „Deshalb war sie gestern auch so angefressen."

„Wie meinen Sie das?", fragte Maike.

„Es gab Ärger mit dem Vater einer Schülerin. Der Typ ist total irre. Behauptet, Kathi würde seine Tochter absichtlich schlecht zensieren. Zuerst hat er sie bei einem Elternabend vor versammelter Mannschaft niedergemacht, dann noch mal in einer privaten Sprechstunde. Und gestern Mittag hat er ihr auf einem Supermarktparkplatz aufgelauert und sie bedrängt."

„Er hat sie bedrängt?"

„Er hat behauptet, sie zufällig dort gesehen zu haben. Aber, ganz ehrlich, das grenzt schon an Stalking, was der Kerl macht."

Maike rückte ihren Stuhl zurecht. „Kennen Sie seinen Namen?"

Stefanie Aal sah so aus, als würde ihr erst jetzt bewusst werden, wohin diese Unterhaltung geführt hatte. „Sie glauben doch nicht …", begann sie. „Ich dachte, Katharina hätte einen Unfall gehabt?"

„Dazu darf ich …"

Stefanie Aals Hand schlug hart auf der Tischplatte auf. „Sagen Sie mir jetzt nicht, dazu dürfen Sie mir keine Auskunft geben. Was ist mit meiner Schwester passiert? Was wissen Sie?"

Maike zögerte. „Es könnte sein … Wir haben auf der Straße frische Bremsspuren entdeckt. Und Plastiksplitter von einem Scheinwerfer …"

„Soll das heißen …?", begann Stefanie Aal, führte den Satz jedoch nicht zu Ende.

Maike blickte sie direkt an. „Sie wissen, dass ich dazu eigentlich nichts sagen darf. Kennen Sie vielleicht den Namen des Vaters dieser Schülerin, mit dem Ihre Schwester Ärger hatte?"

Stefanie Aal stand auf. „Einen Moment bitte."

Sie verschwand im Haus, kam kurz danach mit dem Blatt von einem Notizblock zurück und reichte es Maike.

„Herrmann Ullrich", las sie vor.

„Ich hatte Kathi angeboten, ihm ein gepfeffertes Anwaltsschreiben zu schicken, damit er sie endlich in Ruhe lässt."

„Darf ich den Zettel mitnehmen?", fragte Maike.

Als Stefanie Aal nickte, reichte sie ihn Lukas.

„Wo ist ... meine Schwester jetzt?", wollte ihre Zeugin wissen.

„In der Rechtsmedizin", sagte Maike.

Stefanie Aal schlang die Arme um sich. „War es das? Ich würde jetzt gern meine Eltern anrufen. Sie wissen noch nichts, oder?"

Maike schüttelte den Kopf.

„Sie sind gerade auf Kreta", murmelte Stefanie.

„Eine Sache noch, Frau Aal." Maike tat es fast leid, dass sie darum bitten musste. „Wir haben die Doppelgarage gesehen. Dürften wir uns dort umsehen?"

Der Körper der Frau versteifte sich kurz, dann entspannte sie sich. „Natürlich. Viel werden sie da aber nicht finden. Mein Wagen ist gerade in der Werkstatt. Und Roberts BMW – Robert Küppers ist mein Lebensgefährte – steht in der Auffahrt. Das haben sie ja gewiss gesehen. Er ist mit dem Zug unterwegs."

Maike starrte Stefanie Aal verblüfft an.

„Frau Aal", sagte Lukas schließlich. „In Ihrer Auffahrt steht kein Auto."

Kapitel 8

„Was für ein schrecklicher Tag für Stefanie Aal", sagte Lukas eine halbe Stunde später.

„Nicht so schrecklich wie für ihre Schwester", konterte Maike, der die nüchterne Zusammenfassung von Katharina Aals Verletzungen vor Augen stand, die Zoe ihr per Textnachricht geschickt hatte.

Lukas und sie saßen im zweiten Dienstwagen der Wache, einem VW Passat, der im klassischen Polizeiblau lackiert war, und waren auf dem Weg nach Köln. Maike fuhr.

Nachdem Stefanie Aal festgestellt hatte, dass der Wagen ihres Lebensgefährten tatsächlich verschwunden war, hatte Lukas die Anwältin im Twizy zum Rathaus gefahren, damit sie bei Gabi eine Diebstahlsanzeige aufgeben konnte. Während Maike auf Lukas' Rückkehr wartete, hatte sie sich durch die Fenster auf der Rückseite der Garagen davon überzeugt, dass dort drinnen tatsächlich keine Autos standen.

Als Lukas zurückgekehrt war, um sie abzuholen, hatte er dankenswerterweise nicht nur das Auto gewechselt – keinesfalls würde Maike mit dem Twizy bis nach Köln fahren, wenn es sich vermeiden ließ –, sondern auch die Privat- und die Arbeitsadresse von

Herrmann Ullrich mitgebracht. Gabi war in ihrem Job sehr effektiv.

„Glaubst du, Frau Aal hatte etwas mit dem Tod ihrer Schwester zu tun?", fragte Lukas.

Maike wackelte mit dem Kopf. „Dazu wissen wir momentan zu wenig." Ihr Bauchgefühl sagte ihr, dass die Anwältin ihnen nichts vorgespielt hatte. Aber auch, wenn sie sich fast immer darauf verlassen konnte, hatte es sie ab und an schon im Stich gelassen.

„Auf dem Weg in die Wache hat sie ihren Lebensgefährten angerufen und dabei schrecklich angefangen zu weinen", erzählte Lukas.

„Ich ...", begann Maike, unterbrach sich dann jedoch selbst, weil ihr Smartphone klingelte.

Jens Breuer, stand auf dem Display. Ihr Freund. Ihr Chef.

„Ich bin im Auto", ließ sie ihn wissen, direkt nachdem sie den Anruf angenommen hatte. „Lukas hört mit."

„Guten Tag, Herr Breuer", rief dieser Richtung Telefon.

„Guten Tag, Herr Yilmaz", erwiderte Jens. „Ich habe gehört, in Niederteerbach herrscht gewissermaßen dicke Luft." Dann lachte er über seinen eigenen Witz.

„Wegen dem Brand im Gewächshaus?", hakte Maike nach, um sicherzugehen, dass sie ihn richtig verstand.

Tat sie. Denn Jens lachte immer noch. „Scheint ja ein berauschendes Erlebnis gewesen zu sein."

Maikes Mundwinkel zuckten. Ihr war gerade nicht nach Witzen zumute. „Na ja, die Kuschel hat allerlei Blumen und Heilpflanzen angebaut."

„Blumen? Soso."

Sie kratzte sich am Kinn. „Woher weißt du das eigentlich schon wieder?"

„Walter Pöller", antwortete er.

„Die alte Plaudertasche."

„Er sagt aber auch, dass sich die Menge so genau nicht feststellen lassen wird. Alles verbrannt und vom Löschwasser vernichtet."

„Oh nein." Maike bemühte sich nicht einmal, ihr Bedauern echt klingen zu lassen.

Jens ging darüber hinweg. „Hast du schon was aus der Rechtsmedizin gehört?", fragte er stattdessen.

„Nur eine Textnachricht von Zoe. Katharina Aal ist jedenfalls nicht freiwillig von diesem Abhang gesprungen."

„Tötungsdelikt?", fragte er.

„Oder Unfall mit Fahrerflucht", räumte sie ein.

Jens seufzte. „Ich nehme an, du hast schon einen Verdächtigen, wenn du mit deinem Kollegen im Auto unterwegs bist?"

„Wir stehen noch ziemlich am Anfang", gestand sie und berichtete ihm, was in der Nacht geschehen war und was sie bereits herausgefunden hatten.

„Dann fahrt ihr jetzt zu diesem Ullrich?", fragte Jens.

„Ja. Wir fahren in sein Büro."

„Gut. Halt mich auf dem Laufenden."

Sie versprach es.

„Und Maike", sagte er, als sie sich bereits verabschieden wollte. „Rate mal, wen ich vorhin in der Mittagspause getroffen habe?"

„Die Frau deines Lebens", antwortete Maike trocken.

Jens lachte. „So weit kommt es noch." Er behauptete von sich selbst, so stockschwul zu sein, dass er nicht einmal in seinen Teenagerjahren daran gedacht habe, mit Mädchen zu experimentieren.

„Eher die Frau deines Lebens“, sagte er dann.

„Bitte?“ Maike glaubte, sich verhört zu haben.

„Frau Teppenmeier“, verriet Jens schließlich.

Hektisch griff sie nach dem Smartphone, um es aus der Halterung zu nehmen.

„He“, protestierte Lukas. „Nicht beim Fahren!“

Maike ignorierte ihn. Sie schaltete den Lautsprecher aus und hielt sich das Smartphone ans Ohr.

„… gebeten, dich an euer Treffen am Freitag zu erinnern“, hörte sie Jens sagen.

„Als könnte ich das vergessen“, grummelte sie.

„Sie sagt, letzte Woche hast du kurzfristig abgesagt.“

„Och. Das kann man so nicht sagen. Ich habe ihr nicht abgesagt, sondern den Termin verschoben. Mein Nachbar hat mich um Hilfe gebeten.“

Philipp hatte eine neue Couch geliefert bekommen und Hilfe beim Aufbauen gebraucht. Dass sie sich, als sie davon erfahren hatte, als Hilfe geradezu aufgedrängt hatte, brauchte Jens ja nicht zu erfahren. Und Frau Teppenmeier auch nicht.

„Schau bitte einfach zu, dass er diesen Freitag nicht wieder deine Hilfe braucht und geh zu ihr, Maike, ja? Das ist wichtig.“

„Versprochen“, lenkte sie ein. „Du, ich muss jetzt auflegen, wir sind gleich am Ziel. Tschü-hüss!“

Ehe Jens noch etwas sagen konnte, streckte sie Lukas die Hand entgegen, damit er – noch immer empört blickend – das Smartphone nehmen und das Gespräch beenden konnte. Er verzichtete jedoch auf Vorhaltungen bezüglich ihres unvernünftigen und gesetzeswidrigen

Verhaltens, beim Autofahren ohne Freisprecheinrichtung zu telefonieren, sondern fragte besorgt: „Alles in Ordnung?“

„Na klar“, antwortete Maike.

Ihre beiden Kollegen wussten, wer Frau Dr. Teppenmeier war und warum Maike Termine bei ihr hatte. Dennoch war es ihr unangenehm, darüber zu sprechen. Nachdem Zoe und sie die Leiche von Billie entdeckt hatten, war man in der Chefetage übereingekommen, es sei nötig, dass sie, Maike, einige Sitzungen bei einer Psychotherapeutin nahm, um „mit der Situation klarzukommen“.

Maike hatte von Anfang an keinen gesteigerten Wert darauf gelegt, ging in der Regel aber brav hin, damit sie nicht Gefahr lief, für dienstuntauglich erklärt zu werden. Die Teppenmeier selbst war ein Unikat mit mehr Marotten als ein Papagei. Mitunter fragte sich Maike nach ihren Besuchen, ob die Therapeutin nicht selbst ein paar Sitzungen bei einem Kollegen brauchte. Erstaunlicherweise schaffte sie es trotzdem jedes Mal, ihrer Patientin unter die Haut zu fahren und sich genau auf die Dinge zu konzentrieren, die Maike selbst gern zur Seite schob.

Lukas lotste sie durch ein Gewirr von Einbahnstraßen bis zu einem Bürogebäude, das – wie die meisten Gebäude in Köln – schon bessere Tage gesehen hatte. Sie waren am Ziel angekommen. Allerdings entdeckten sie weit und breit keinen Parkplatz. Maike fuhr in eine Feuerwehreinfahrt und stellte den Wagen ab.

„Echt jetzt?“, fragte Lukas verunsichert.

„Klar“, antwortete Maike. „Wir sind die Polizei. Natürlich nicht, Lukas. Wir machen das so: Ich gehe dort rein und spreche mit dem Ullrich. Und du fährst derweil zu dieser Werkstatt, in der angeblich Stefanie Aals Auto zur Reparatur steht."

„Ich soll überprüfen, ob es irgendwelche Unfallspuren gibt", vermutete er. „Du glaubst also doch, dass sie damit etwas zu tun haben könnte?"

„Kann man nie wissen, nicht wahr?" Sie schnappte sich Martins schwarzen Rucksack, den sie mitgenommen hatte. Mit der geborgten Akte, die er enthielt, hatte sie ihn nicht unbeaufsichtigt im Büro stehen lassen wollen. Was würde sie enthüllen?

„Komm einfach wieder hierher, sobald du fertig bist", bat sie Lukas.

Der nickte und stieg auf der Fahrerseite ein.

Nachdem er davongefahren war, steckte Maike sich ein Stück von Martins Marzipanschokolade in den Mund und trat zur Eingangstür.

Herrmann Ullrich war Versicherungsmakler und hatte mit zwei Kolleginnen ein Gemeinschaftsbüro gemietet. Es war weder besonders groß noch besonders schön eingerichtet. Der Empfangstresen drängte sich so dicht an die Eingangstür, dass man diese nicht vollständig öffnen konnte. Als Maike eintrat, stolperte sie beinahe über einen Schirmständer.

„Guten Tag. Wie kann ich Ihnen helfen?", begrüßte sie ein junger Mann hinter dem Tresen und lächelte sie freundlich an. Er war vermutlich Mitte zwanzig, trug ein braunes Jackett und hatte die schwarzen Haare streng zurück gegelt.

„Guten Tag", sagte auch Maike. „Ist Herr Ullrich da? Herrmann Ullrich?"

„Haben Sie einen Termin?", fragte der Mann.

Als Antwort zog Maike ihr Portemonnaie aus der Tasche und zeigte ihm ihren Dienstausweis.

Die Augen des Mannes weiteten sich. „Warten Sie bitte einen Moment“, sagte er und stand von seinem Platz auf. Mit staksigen Schritten eilte er den Flur entlang und verschwand hinter einer Biegung.

Kurze Zeit später kam er zurück. „Wenn Sie mir bitte folgen wollen?“

Er führte Maike in ein winziges Büro, das mit Aktenschränken, einem kleinen runden Besuchertisch mit zwei Stühlen, Regalen, einem Sideboard mit einem erfreulich großen Kaffeevollautomaten und einem riesigen L-förmigen Schreibtisch vollgestopft war. Ein Mann in dunklem Anzug und weißem Hemd saß hinter dem Ungetüm von Schreibtisch. Seine grauen Schläfen hatten den gleichen Farbton wie der Teppichboden.

„Herr Ullrich?“ Maike manövrierte sich um den Besuchertisch herum bis zu seinem Schreibtisch und streckte die Hand aus. „Maike Pech. Kriminalhauptkommissarin.“

Er stand auf und schüttelte ihr die Hand. „Herrmann Ullrich. Aber das wissen Sie ja bereits.“ Er wandte sich an seinen Mitarbeiter. „Sie können uns jetzt allein lassen, Bernd.“

Der Mann namens Bernd nickte und schloss die Tür hinter sich.

„Möchten Sie einen Kaffee?“, fragte Herrmann Ullrich.

Maike schielte zum Vollautomaten. „Wenn es keine Umstände macht.“

Der Versicherungsmakler ging zum Sideboard und griff nach einer frischen Tasse. „Cappuccino?"

„Warum nicht."

Er drückte auf einen Knopf und drehte sich zu ihr um, während die Maschine zischend und ratternd zum Leben erwachte.

„Setzen Sie sich doch bitte."

„Danke." Maike ließ sich auf einen der Besucherstühle sinken.

„Was verschafft mir denn die Ehre Ihres Besuchs?", fragte er und zwinkerte ihr zu. „Ich stecke doch nicht etwa in Schwierigkeiten?"

„Nun", begann Maike. „Das kommt darauf an. Wo waren Sie gestern Nacht zwischen zwei und vier Uhr?"

Herrmann Ullrich wirkte schockiert. „Ich war … ich habe geschlafen. Auf der Couch. Bei einem Freund."

„Bei einem Freund?"

„Na ja, Freund trifft es nicht ganz. Ein Teamkamerad. Ich spiele Handball. Wir hatten gestern Abend ein Auswärtsspiel und ich habe bei ihm übernachtet."

Maike zückte ihren Notizblock. „Verraten Sie mir den Namen dieses Freundes? Und vielleicht auch, wo Sie gespielt haben und in welcher Mannschaft?"

Herrmann Ullrich fielen fast die Augen aus dem Kopf. „Entschuldigen Sie bitte, Frau Pesch …"

„Pech", korrigierte Maike sofort.

„Gut, Frau Pech. Worum geht es hier denn bitte? Bin ich … ein Verdächtiger in einem Mordfall oder so?"

Er lachte auf, aber als Maike nicht einstimmte, verstummte er sofort und lehnte sich kraftlos gegen das Sideboard. Der Kaffeevollautomat vollendete mit einem letzten Zischen seine Arbeit, doch Herrmann Ullrich hatte den Cappuccino offenbar völlig vergessen.

„Im Augenblick habe ich nur ein paar Fragen an Sie", versicherte Maike ihm. „Sie kennen Katharina Aal?"

Seine Miene verfinsterte sich. „Allerdings."

„Das klingt nicht gerade so, als seien Sie ein großer Fan von ihr."

„Sie ist die Lehrerin meiner Tochter", erklärte er und verschränkte die Arme. „Aber das wissen Sie vermutlich bereits, wenn Sie hier sind. Was behauptet sie: Dass ich ihr nachgestellt habe?"

„Haben Sie das?"

„Nein! Die ist völlig irre. Hat mich gestern angepatzt, sie würde sich von mir gestalkt fühlen, als ich sie beim Einkaufen getroffen habe. Sie hat mir mit 'nem Anwalt gedroht." Er blickte Maike direkt an. „Aber jetzt sogar die Polizei?"

„Es heißt, Sie seien nicht einverstanden mit ihrem Benotungssystem."

Herrmann Ullrich schnalzte mit der Zunge. „Das kann man wohl sagen. Und ich bin nicht der Einzige."

„Wie meinen Sie das?"

„Seit die Aal die Klasse meiner Tochter unterrichtet, sind ihre Noten und die einiger ihrer Mitschülerinnen drastisch gesunken. Und ich sage bewusst Schülerinnen. Es sind nämlich interessanterweise nur die Mädchen, die plötzlich schlechtere Zensuren bekommen."

Maikes Blick streifte den Cappuccino und sie fragte sich, ob es arg unhöflich wäre, einfach aufzustehen und sich die Tasse selbst zu schnappen. „Aber nur Sie haben Katharina Aal deshalb bedrängt", sagte sie stattdessen.

Ullrich versteifte sich noch mehr. „Bedrängt? Ich bitte Sie! Mit ihr reden wollte ich. Aber das hat ja keinen Sinn. Wenn Sie mich fragen, ist diese Katharina Aal eine verbitterte dumme Kuh, die ihren Frust an ihren Schülerinnen auslässt und ...“

„Herr Ullrich“, unterbrach Maike ihn streng.

„Ist doch wahr. Und jetzt? Sind Sie gekommen, um mir zu verbieten, mit der Lehrerin meiner Tochter zu sprechen?“

„Ich bin von der Kriminalpolizei“, erinnerte sie ihn. „Das gehört nicht in mein Aufgabengebiet.“

Er schluckte. „Und warum sind Sie dann hier?“

„Frau Aal hatte gestern einen Unfall. Jemand hat sie angefahren und Fahrerflucht begangen.“

Sämtliche Farbe wich aus seinem Gesicht und es wurde fast so weiß wie sein Hemd. „Um Gottes Willen. Und Sie verdächtigen jetzt mich?“

Maike griff nach ihrem Notizblock. „Ich überprüfe nur sämtliche Spuren.“

„Und ich bin eine Spur?“ Er sah so aus, als wollte er unruhig auf und ab laufen, aber dazu fehlte in seinem Büro definitiv der Platz.

„Was für ein Auto fahren Sie?“, fragte sie.

„Einen Renault Clio.“ Herrmann Ullrich klang jetzt wütend. „Er steht unten in der Tiefgarage. Sie können ihn sich gleich ansehen.“ Er ging zu seinem Schreibtisch, zog eine Schublade auf und holte einen Autoschlüssel hervor. „Na los, kommen Sie mit.“

Maike unterdrückte ein Seufzen, schnappte sich Rucksack und Notizbuch und stand auf. Mit einem letzten traurigen Blick auf die dampfende Cappuccino-Tasse unter dem Vollautomaten folgte sie Herrmann

Ullrich aus seinem Büro bis zum Aufzug und fuhr mit ihm hinab in die Tiefgarage.

Sie ahnte bereits, dass sie an seinem Wagen keine Spuren finden würde. Trotzdem folgte sie dem Versicherungsmakler zu seinem Renault. Selbst im Licht der Neonröhren konnte sie erkennen, dass er tipptopp gepflegt war und keinen einzigen Kratzer besaß.

So viel dazu.

„Danke, Herr Ullrich“, sagte sie zu ihm. „Ich muss Sie allerdings trotzdem bitten, mir Namen und Kontaktdaten des Teamkollegen zu nennen, bei dem Sie übernachtet haben. Und den Namen Ihres Sportvereins.“

Herrmann Ullrich warf ihr einen misslaunigen Blick zu, kam ihrer Aufforderung aber nach.

Kapitel 9

Während Maike vor dem Bürogebäude auf Lukas' Rückkehr wartete, rief sie Gabi an und bat sie darum, Ullrichs Alibi zu überprüfen.

„Inzwischen habe ich auch Janine Meißner erreicht. Du weißt schon, Frau Melusine, das Medium. Und Frau Kuschel habe ich auch noch mal angerufen, um die letzten Fragen zu klären", berichtete Gabi.

„Gut", sagte Maike. „Wie klang sie?"

„Sandra Kuschel?" Gabi zögerte kurz. „Etwas wirr."

„Wirrer als sonst?"

„Nein, das eigentlich nicht. Sie hat sich entschuldigt, sie hat wohl bis heute Nachmittag geschlafen."

Das kommt von den ganzen Kräutermischungen, dachte Maike. Laut sagte sie: „Ist ihre Lichtheilerin eigentlich mit dem Auto aus Quäckenhausen gekommen?"

„Quedlinburg meinst du sicher."

„Sag ich doch."

„Die ist mit der Bahn gekommen."

„Und du hast auch mit ihr gesprochen?"

„Ja. Sie sagt, sie war spazieren, Sonne tanken, um die ganze dunkle Energie loszuwerden."

Maike verdrehte die Augen. „Sie hat gestern eigentlich einen ganz gefassten Eindruck gemacht."

„Nicht wegen gestern Nacht im Gewächshaus", erklärte Gabi. „Sondern die schlechte Energie der Pension Raibach."

„Okay, das verstehe ich. Überprüfst du ihre Aussage mit den Bahntickets?"

„So gut wie schon geschehen."

Als sie das Gespräch beendet hatte, schaute sie auf das Display. Kurz nach zwei erst. Sie unterdrückte ein Gähnen. Dass sie den schönen frischen Cappuccino nicht bekommen hatte, war echt ärgerlich. Sie war kurz davor, noch einmal hoch zu Herrmann Ullrich zu gehen und nach der Tasse fragen.

Sie brach sich ein weiteres Stück Marzipanschokolade ab, vielleicht half das ja, und begann, an der Straße auf und ab zu laufen, während sie auf Lukas wartete.

Der ließ sich Zeit.

Ob Martin schon in Frankfurt war? Sie dachte an die Akte in dem Rucksack, den sie mit sich herumschleppte. Aber hier, auf offener Straße, wollte sie nicht darin blättern. Sie versuchte, Zoe zu erreichen, doch die ging nicht ran.

Eine Minute später bekam sie eine Textnachricht von ihr.

Sorry. Kann gerade nicht. Arbeit.

Zehn Sekunden später folgte die nächste:

Lass uns später sprechen. Komm doch zum Abendessen.

Maike dachte erneut an Martins Akte. Und ihr Auto stand ohnehin noch vor dem Haus der Schwäfels.

Gern

tippte sie deshalb zurück.

Bis später.

Kurz darauf bog der Polizeiwagen in die Straße ein und hielt direkt vor ihr. Maike setzte sich auf den Beifahrersitz.

„Und?", fragte sie Lukas. „Neue Erkenntnisse?"

Er schüttelte den Kopf. „Das Auto der Aal ist tatsächlich wegen defekter Elektronik in Reparatur. Da sind zwar ein paar Kratzer im Lack, aber die sind auf der Fahrerseite. Die Lichter sind alle intakt."

Maike verstaute den Rucksack im Fußraum vor sich. „Die könnten sie inzwischen erneuert haben."

„Die Sachbearbeiterin hat mir den Reparaturauftrag gezeigt. Stefanie Aal hat ihn mit einem Datum von vorgestern unterschrieben."

„Okay. Abgehakt."

„Und jetzt?", wollte Lukas wissen.

Maike zückte ihr Smartphone und rief die Routenplaner-App auf. „Jetzt fahren wir zu dem Gymnasium, an dem Katharina Aal unterrichtet hat."

Die Schule lag wie das Haus der Schwäfels in Köln-Junkersdorf. Der graue Plattenbau mit seinen gelben Stahlträgern erinnerte Maike auf unangenehme Art an ihre eigene Teenager-Zeit, auch wenn Zoe, Billie und sie nicht auf diese Schule gegangen waren. Viele Kölner

Schulen hatten den Schick der 70er- und 80er-Jahre heute noch. Typ Betonwüste. Ein Grauen. Trotz der vorgerückten Stunde war der Pausenhof überfüllt mit Jugendlichen. Sie standen in Grüppchen beieinander, rauchten vermeintlich heimlich, lachten und unterhielten sich.

„Auch das noch", murmelte Maike und genehmigte sich zur Beruhigung ein weiteres Stück Marzipan-Schokolade. Als sie Lukas die Packung hinhielt, schüttelte er den Kopf.

„Danke, nein, davon bekomm ich immer sofort Pickel."

Für einen kurzen Moment regte sich in Maike das schlechte Gewissen. Dann jedoch beschloss sie, dem Appetithappen einen weiteren folgen zu lassen.

„Na, dann wollen wir mal", sagte sie, nachdem sie die Packung wieder verstaut hatte.

Als Lukas und sie den Pausenhof überquerten, starrten die Teenager sie ungläubig an.

„Tante Maike?!", erklang plötzlich die Stimme ihrer Nichte. Aus dem Gewühl vor ihr schob sich Sarah. „Was machst du denn hier?"

„Wir sind gekommen, um dich festzunehmen. Wegen Erregung öffentlichen Ärgernisses." Maike warf einen vielsagenden Blick auf Sarahs ultrakurzen Rock. „Was trägst du da? Einen breiten Gürtel?"

„Haha", erwiderte Sarah, während ihr die Röte ins Gesicht stieg. „Sehr witzig."

„Wer ist erregt?", ertönte eine fremde Jungenstimme aus dem Pulk vor ihnen.

„Du bist Lukas Yilmaz, oder?", fragte Finja nun Maikes Kollegen.

Der war offenbar ebenso überrascht, dass sie seinen Namen kannte, wie Maike. Er räusperte sich und zupfte an seiner Uniform herum. „Äh. Ja."

„Kann ich ein Foto mit dir machen?"

Finja zückte ihr Smartphone und drückte es Sarah in die Hand. Dann stellte sie sich direkt neben Lukas und wartete offensichtlich darauf, dass der sich in Pose schmiss.

Währenddessen wurden weitere Schüler auf sie aufmerksam. Auch sie zückten ihre Handys.

„Das ist doch der Typ von Instagram!", hörte Maike eine andere Schülerin begeistert flüstern.

Ihr ging ein Licht auf. Während der Suche nach der Mörderin von Beauty-Bloggerin Della DeLorain, die im Niederteerbacher Spa ermordet worden war, war Lukas aus Versehen für kurze Zeit unfreiwillig und inoffiziell das Gesicht der Niederteerbacher Polizei auf Social Media geworden. Maike war das nur recht gewesen. Schließlich hatten die gleichen Ermittlungen sie online zur Bösen Schoko-Oma gemacht.

Sie überlegte noch, ob sie Lukas einfach seinem Schicksal überlassen und ihn stehen lassen sollte, als Sarah ihr Finjas Smartphone in die Hand drückte.

„Mach du bitte eins von uns", sagte sie und stellte sich auf Lukas' andere Seite.

Unschlüssig drehte Maike das Smartphone in den Händen. Dann blickte sie ihren Kollegen fragend an. „Ist das okay?"

Er lächelte angestrengt. „Aber klar."

Als sei das ihr Kommando gewesen, drängten sich Sarah und Finja enger an ihn.

Maike beeilte sich, ein Foto zu schießen, um den armen Kerl zu erlösen.

„Mach besser ein paar mehr“, dirigierte Sarah sie. „Damit wenigstens eins dabei ist, das ordentlich aussieht. Und kannst du ein bisschen zurückgehen und noch eins Hochkant machen? Das eignet sich besser für …“

„Tut mir leid, ich bin Polizistin, keine Fotografin“, unterbrach Maike sie und hielt Finja das Smartphone entgegen.

Lukas trat einen Schritt nach vorn. „Wir sind leider dienstlich hier“, sagte er zu den Mädchen. „Sonst hätte ich natürlich gern …“

„Ach“, zog ihn Maike auf. „Soll ich vielleicht schon mal allein zum Schulleiter gehen?“

„Nein, nein!“, antwortete Lukas schnell.

Finja nahm ihr Smartphone an sich und begutachtete das Foto, das Maike geschossen hatte. „Danke“, murmelte sie ausdruckslos. Es klang ein bisschen enttäuscht.

„Du hast mir immer noch nicht gesagt, was du an meiner Schule willst“, warf Sarah ein.

„Dienstgeheimnis“, konterte Maike. Und damit ließ sie ihre Nichte stehen und ging mit Lukas ins Gebäude.

Obwohl sie noch nie hier gewesen war, fand sie den Weg zum Büro des Direktors intuitiv. Was vermutlich daran lag, dass sie ihn früher in ihrer Schule so oft gegangen war.

„Bekommst du hier auch so ein komisches Gefühl?“, fragte sie Lukas, während sie einen hellgelb gestrichenen Flur entlangliefen. Die Blicke der Schüler und

Schülerinnen, an denen sie vorbeikamen, ignorierte sie.

„Komisches Gefühl?" Lukas sah verwirrt drein. „Was meinst du?"

„Na, dieser Marsch zum Büro der Schulleitung. Hatte doch damals immer irgendwie was von einem Gang zum Schafott, oder?"

„Ich musste nie zum Direktor", sagte Lukas schlicht.

Maike glaubte, sich verhört zu haben. „Kein einziges Mal?"

„Doch, einmal", erinnerte sich Lukas. „Da hab ich eine Auszeichnung für mein Ehrenamt als Schülerlotse bekommen."

Sie schmunzelte. Hätte sie sich ja denken können. Lukas war also bereits in der Schule darauf bedacht gewesen, sich an jegliche Regeln zu halten.

„Na dann, Herr Schülerlotse, verschaffen Sie uns mal Zutritt."

Sie deutete auf eine weiß gestrichene Tür, an der ein Plastikschild mit der Aufschrift Sekretariat angebracht war.

Lukas klopfte an.

„Herein!", ertönte eine schrille Stimme durch das Holz.

Ihr Kollege öffnete die Tür und sie betraten einen Raum, der wie das Vorzimmer des Dschungelcamps anmutete: Auf den Büromöbeln waren überall Papierstapel, Stempel und Akten verteilt, dazwischen stand eine irrsinnige Menge unterschiedlich großer Topfpflanzen.

Hinter dem Tresen verschanzte sich eine kleine, dünne Frau mit zerrupften Haaren, die eine grüne

Plastikgießkanne in der Hand hielt. Jedenfalls bis sie Lukas entdeckte.

„Polizei?", stieß sie erschrocken hervor und ließ die Kanne fallen. „Mist!"

Sie verschwand hinter dem Tresen, vermutlich, um die Gießkanne aufzuheben. Ihre Hand tauchte kurz auf, tastete nach einer Rolle Küchenpapier und verschwand wieder.

„Es geht um den Strafzettel, habe ich recht?", erklang ihre Stimme hinter dem Tresen. „Ich schwöre, ich werde ihn heute noch bezahlen!"

Maike trat nach vorn und blickte durch die Grünpflanzen hindurch und zu der Frau hinunter, die hektisch versuchte, das ausgelaufene Wasser mit dem Küchenpapier aufzusaugen. Sie wollte gerade etwas sagen, als sich die Tür zum Nebenzimmer öffnete.

„Was ist denn jetzt schon wieder los, Frau Müller-Huber? Och nö, nicht schon wieder die Gießkanne!"

„Die Polizei ist da!", verteidigte sich die Sekretärin.

Die Tür schwang weiter auf und ein älterer Herr trat ein. Er trug eine dunkelblaue Anzughose, ein hellblaues Hemd und eine Krawatte, die weder einer von Maikes Schulleitern noch einer ihrer Lehrer jemals getragen hätte: Sie war überraschend breit, dunkelblau wie die Hose, und darüber verteilt grinste ihr ein gutes Dutzend diabolischer Smileys entgegen.

„Die Polizei?", wiederholte er Frau Müller-Hubers Worte und blickte Maike und Lukas überrascht an. „Bin ich verhaftet?"

Maike schloss die Tür zum Flur. „Wieso glaubt eigentlich jeder hier, wir seien wegen ihm gekommen? Sollten wir Sie denn verhaften?"

Der ältere Herr – sie nahm an, dass es sich dabei um den Schulleiter handelte – lachte herzlich. „Ich mach doch nur Spaß."

„Ich nicht", piepste Frau Müller-Huber und stand auf. Eines ihrer Schulterpolster war unter dem Jackett entlang den Arm hinunter gewandert und beulte den Stoff am Ellenbogen nun unschön aus. „Aber ich verspreche, ich werde den Strafzettel noch heute überweisen."

„Sehr gut", lobte Maike. „Aber deswegen sind wir nicht hier." Sie wandte sich an den Mann mit der Smiley-Krawatte. „Sind Sie der Schulleiter?"

„Noch", erwiderte er mit strahlendem Lächeln und streckte ihr die Hand entgegen. „Dr. Hugo González. Und nach den Sommerferien darf sich meine Nachfolgerin mit all dem hier herumschlagen. Ich gehe nämlich in Frührente."

„Wie schön für Sie." Maike schüttelte seine Hand.

Dr. González' Lächeln bekam etwas Hoffnungsvolles. „Ich nehme an, Ihr Anliegen kann nicht bis dahin warten?"

„Leider nein. Kriminalhauptkommissarin Maike Pech, mein Name. Und das hier ist mein Kollege, Polizeikommissar Lukas Yilmaz."

„Ich bin Doris Müller-Huber", teilte ihnen die Sekretärin mit, während sie nervös die nassen Papiertücher in den Fingern knetete. „Aber ich nehme an, das wissen Sie bereits."

Zwei Sekunden lang herrschte Schweigen.

„Warum kommen Sie nicht mit in mein Büro?", schlug Dr. González vor und klatschte in die Hände.

Maike und Lukas setzten sich in Bewegung.

„Soll ich Ihnen einen Kaffee bringen?“, rief ihnen Doris Müller-Huber hinterher.

Maikes Herz machte einen erfreuten Hüpfer, doch Dr. Gonzalez beeilte sich zu sagen: „Besser nicht. Ich meine: Schon gut, Frau Müller-Huber. Warum gehen Sie nicht zur Hausmeisterin und bitten um einen Putzlappen?“

Er wartete die Antwort der Sekretärin gar nicht ab, sondern schloss die Tür zum Empfangszimmer und bat Maike und Lukas, auf den bequemen Polsterstühlen vor seinem Schreibtisch Platz zu nehmen. In seinem Zimmer waren die Möbel braun, nicht weiß, und es gab keine einzige Pflanze.

„Entschuldigen Sie Frau Müller-Huber. Sie ist in letzter Zeit etwas ... angespannt.“

„Tatsächlich?“, erwiderte Maike.

„Solche Reaktionen erleben wir öfter“, versicherte Lukas dem Schulleiter.

Dr. González setzte sich ebenfalls und faltete die Hände. „Wie kann ich Ihnen helfen?“

„Es geht um eine Ihrer Lehrkräfte“, teilte ihm Maike mit. „Katharina Aal.“

Dr. González‘ Gesicht verzog sich, als hätte er in eine Zitrone gebissen. „Kunst und Geschichte“, sagte er. „Was ist denn jetzt schon wieder mit ihr?“

„Schon wieder?“, fragte Lukas. „Wie meinen Sie das?“

Dr. González seufzte. „Sie sind nicht die Ersten, die wegen ihr in den letzten Monaten zu mir kommen. Es gibt ... Beschwerden.“

„Von Eltern?“, hakte Lukas nach.

„Auch“, gab der Schulleiter zu.

„Wer beschwert sich denn noch?“ Maike beugte sich vor, während sich Dr. González gleichzeitig im Stuhl zurücklehnte.

„Ich fürchte, sie hat Schwierigkeiten mit ein paar Kolleginnen.“

„Kolleginnen?“ Maike beugte sich noch weiter vor. „Nur mit Frauen?“

„Ja. Ich weiß auch nicht, wie sie das immer schafft. Die männlichen Kollegen kommen alle sehr gut mit ihr zurecht. Aber die Frauen … na ja. Selbst mit ihrer Schwester hat sie immer wieder Schwierigkeiten.“

Maike musste sich beherrschen, Lukas keinen Blick zuzuwerfen. „Tatsächlich?“

„Ganz schlimm. Ich habe mal gesehen, wie sie sich vor dem Schulgebäude gestritten haben“, sagte er. „Aber das geht mich dem Himmel sei Dank nichts an. Wenn Sie Frau Aal übrigens sprechen wollen, muss ich Sie leider enttäuschen. Sie hat sich gestern Abend krankgemeldet. Magen-Darm.“

„Wann genau war das?“, frage Lukas und zückte seinen Block.

Dr. González griff nach seinem Handy und tippte darauf herum. „23.11 Uhr. Da hat sie die Nachricht geschickt.“ Er steckte das Smartphone wieder weg. „Also: War jemand bei Ihnen und hat sich über sie beschwert?“

„Nun“, sagte Maike. „Es kam gestern Nacht zu einem Unfall. Katharina Aal wurde angefahren.“

Das Gesicht des Schulleiters wurde schlagartig einige Nuancen bleicher. „Madre mío! Ist ihr etwas passiert?“

„Tut mir leid, darüber dürfen wir keine Auskunft geben.“

„Wie bitte?!"

„Gab es unter Katharina Aals Kolleginnen welche, die … nun … vielleicht eine Rechnung mit ihr offen hatten?"

„Wie bitte?!", wiederholte der Schulleiter. „Natürlich nicht. Für das Kollegium lege ich die Hand ins Feuer. Selbst für Frau Aal."

Maike nickte verständig. „Wenn Sie uns aber vielleicht doch die Namen der Kolleginnen nennen, die mit Frau Aal Schwierigkeiten hatten …?"

Dr. González seufzte, fügte sich aber in sein Schicksal. Nachdem er ihnen auch die Telefonnummer seiner Ehefrau genannt hatte, damit sie sein Alibi überprüfen konnten, suchten Maike und Lukas das Gespräch mit Jessica Sperling, Mathematik und Physik, und Kirsten Weiß, Mathematik und Sport.

„Offenbar hatte unsere Tote Probleme mit Mathematikerinnen", murmelte Lukas, während sie auf die letzte Lehrerin warteten, die sie befragen wollten: Luise Rahms, Religion und – Überraschung – Mathematik.

Maike klopfte ihm anerkennend auf die Schulter. „He, Lukas, das war ja fast so etwas wie ein Witz."

Auch die Befragung von Luise Rahms brachte keine neuen Erkenntnisse. Sah man einmal davon ab, dass zumindest diese ebenfalls der Meinung war, dass Katharina Aal ihre Schülerinnen absichtlich schlechter benotete als die Jungen.

Maike zuckte mit den Schultern. „Das ist ein Thema, für das wir erfreulicherweise nicht zuständig sind. Ich meine: leider."

Frau Rahms blickte sie an, als hätte sie die Lüge durchschaut und Maike fühlte sich augenblicklich, als wäre sie beim Spicken ertappt worden.

Nachdem sie gegangen war, bedankten Maike und Lukas sich bei Dr. González dafür, ihnen sein Büro überlassen zu haben, und verabschiedeten sich von Doris Müller-Huber, die auf ihr „Auf Wiedersehen" mit „Nicht nötig, ich habe gerade die Überweisung vorgenommen" antwortete.

„Waren die Lehrkräfte und Mitarbeiter deiner alten Schule auch so schräg?", fragte Maike, als sie und Lukas zurück zum Parkplatz liefen. „Erinnerst du dich noch daran?"

„Ist vielleicht ein Kölner Ding?", mutmaßte Lukas. „Ich bin nicht hier zur Schule gegangen."

„Ach?", fragte Maike. „Wo denn?"

„Meine Familie stammt aus Hessen."

„Das wusste ich ja gar nicht."

Lukas nickte.

„Und da waren die Lehrer nicht seltsam?"

„Nicht mehr als alle anderen auch."

„Stimmt auch wieder."

Inzwischen war es halb fünf.

„Bringst du mich noch bei Zoe vorbei, ehe du zurück nach Niederteerbach fährst?", fragte sie ihren Kollegen.

Selbst wenn ihre beste Freundin noch nicht zu Hause sein sollte, wäre Mark mit den Zwillingen dort. Maike betrachtete Martins schwarzen Rucksack. Sie wollte sich endlich die Akte vorknöpfen, die er ihr heimlich überlassen hatte.

Kapitel 10

Daraus wurde so schnell allerdings nichts. Statt in der SoKo-Akte über Billie zu blättern, kümmerte Maike sich nach ihrer Ankunft bei den Schwäfels erst mal um die Zwillinge. Leonie und Laura nahmen sie sofort in Beschlag, kaum, dass sie dort aufgetaucht war.

„Singt Tante Maike doch das schöne Lied vor, das ihr in der Kita gelernt habt", schlug Mark vor und verschwand in der Küche, um für das Abendessen schon etwas vorzubereiten.

„Danke", rief sie ihrem Bruder hinterher, während sich die Mädchen begeistert vor ihr aufstellten.

Aus voller Kehle schmetterten sie ihr ein Lied entgegen, in dem es um zwei kleine Wölfe ging, die im Dunkeln munkelten. Maike bemühte sich, ein ausreichend begeistertes Gesicht aufzusetzen, während sich Nele, der Familienhund der Schwäfels, an sie drückte und leise winselte.

„Ganz toll", lobte sie, als die Zwillinge übertrieben nach Luft schnappend endeten.

Dann begannen sie mit der zweiten Strophe. Zu ihrem Erschrecken bemerkte Maike, dass die Melodie des Liedes anfing, sich in ihrem Kopf festzusetzen.

Erleichtert seufzte sie auf, als die Haustür sich öffnete und Zoe mit einem ausgebeulten Stoffbeutel voller Lebensmittel hereinstolperte.

„Ich muss unbedingt mit dir sprechen", flüsterte Maike ihr schnell zu und nahm ihr die Einkäufe ab.

„Mama! Mama!", riefen die Zwillinge. „Wir haben heute ein neues Lied gelernt!"

„Wie schön", flötete Zoe, und ehe Maike sie aufhalten konnte, fragte sie die Zwillinge, ob sie es ihr vorsingen würden. Was die beiden dann auch taten.

Maike verzog sich mit den Lebensmitteln zu ihrem Bruder in die Küche. Zoe folgte ihr erst, als Laura und Leonie ihr das Wölfchen-Lied zwei Mal vorgesungen hatten und sie die beiden davon hatte überzeugen können, ein bisschen mit ihren Stofftieren zu spielen.

„Was meintest du damit, dass Katharina Aal einen seltsamen Kleidergeschmack hatte?", fragte Maike Zoe, als sie Seite an Seite standen, um Gemüse klein zu schnippeln und spielte damit auf die morgendliche Textnachricht an.

„Ich habe ‚merkwürdig' geschrieben", korrigierte Zoe. „Und was ich damit meinte, ist, dass sie eine Jacke getragen hat, die potthässlich war. So ein neonfarbenes Ungetüm aus Ballonseide. Und sie war ihr mindestens zwei Nummern zu klein."

„Das ist vielleicht das einzig Gute daran, vierzig zu sein. So etwas tue ich mir nicht mehr an." Als sie von Berlin nach Niederteerbach gezogen war, hatte sie die Gelegenheit beim Schopf ergriffen und sämtliche Klamotten in die Altkleidersammlung gegeben, die ihr nicht mehr passten. „Ich erinnere mich noch mit

Schrecken an Abende in der Disco, in denen ich mich in viel zu enge Jeans gequetscht habe."

„Daran erinnere ich mich auch noch mit Schrecken", scherzte Mark.

Maike holte aus und schlug ihm mit einer Selleriestange auf die Finger.

„Tantchen", mahnte Sarah, die unbemerkt nach Hause gekommen war. „Erstens heißt es nicht mehr Disco, sondern Club. Und zweitens: Mit Lebensmitteln spielt man nicht. Lernt man das nicht bei der Polizei?"

Maike drehte sich um und sah, dass ihre älteste Nichte nicht mehr den knappen Rock trug, den sie auf dem Schulhof getragen hatte, sondern eine Jeans.

„Hallo, mein Schatz", begrüßte Zoe ihre Tochter und drückte ihr einen Kuss auf den Scheitel.

„Geschickt", murmelte Maike anerkennend und musterte die Jeans von oben bis unten.

Sarah verdrehte die Augen. „Als hättest du das früher nicht auch gemacht", murmelte sie zurück.

„Wovon sprecht ihr?", wollte Mark wissen.

„Frauengeheimnis", antwortete Sarah.

„Nichten-Tanten-Geheimnis", fügte Maike hinzu und blickte zu Zoe, die gerade dabei war, ein Salatdressing anzurühren.

Sarah stellte sich neben ihre Mutter und drückte ihr einen Kuss auf die Wange. „Kannst du mir fürs Kino morgen Abend zwanzig Euro leihen?"

„Schon wieder?"

„Mann", beschwerte sich Sarah. „Ich hab doch gesagt, ihr gebt mir zu wenig Taschengeld."

„Wir haben dir letztens einen Babysitter-Job angeboten. Da warst du der Meinung, du hättest keine Zeit dafür", erinnerte Mark sie.

„Das war an einem Samstagabend", antwortete Sarah entrüstet.

„Tja." Marks Gesicht zeigte wenig Mitleid für seine Tochter.

„Manno. Während der Schule habe ich keine Zeit für einen Nebenjob."

Maike kam eine Idee. „Hast du deine Sommerferien schon verplant?"

Sarah musterte sie misstrauisch. „Warum?"

„Wir bräuchten vielleicht Verstärkung auf der Wache. Beim Digitalisieren."

„Wird Lukas auch dort sein?", wollte Sarah etwas zu schnell wissen.

„Ja. Herr Yilmaz wird auch da sein. Er hat erst im September Urlaub."

Ehe ihre Nichte antworten konnte, klingelte es an der Tür. Mark hob die Hände in die Luft, mit denen er gerade Teig geknetet hatte, und bat Sarah zu öffnen.

„Oma!", hörten sie diese überrascht ausrufen, nachdem sie im Flur verschwunden war.

Und tatsächlich trat einige Sekunden später Jutta in die Küche. Ohne Sarah.

„Habt ihr noch einen Platz für mich am Tisch?", fragte sie und lächelte in die Runde.

„Klar", antwortete Zoe sofort, während Maike sie überrascht ansah.

„Was machst du denn hier?"

„Dir auch einen wunderschönen guten Abend, Tochter. Ich bin gerade vorbeigefahren und habe gesehen, dass dein Auto noch vor der Tür steht." Jutta verzog das Gesicht, vermutlich, weil die furchtbare braune Farbe von Maikes Dienstwagen immer noch ein Dorn im Auge war. Wie ihr selbst ja auch.

„Außerdem muss ich doch wissen, was mit der lieben Sandra Kuschel los ist? Hast du den Fall schon gelöst?"

„So gut wie", behauptete Maike. Und fügte dann ein „Nicht" hinzu. „Eigentlich hatte ich gehofft, ich könnte Sarah noch ein paar Fragen stellen."

„Sarah?", fragten Jutta und Mark wie aus einem Mund.

Maike griff nach dem Kölsch, dass ihr Bruder ihr hingestellt hatte, und trank einen Schluck. Heute hatte sie auf ein alkoholfreies bestanden. Was sie nach dem ersten Schluck sofort bereute.

„Die Tote, die ins Gewächshaus gefallen ist, war Lehrerin an Sarahs Schule."

Mark sah auf. „Was?"

Zoe nickte. „Katharina Aal."

„Ich war heute an der Schule und hab mit ihren Kolleginnen gesprochen. Und dem Schulleiter. Ich fürchte aber, das sind alles Sackgassen. Ich habe Gabi gebeten, die Alibis zu überprüfen. Aber irgendwie glaube ich nicht daran, dass ich da weiterkomme."

„Und was ist mit der Besitzerin dieses Gewächshauses?", wollte Mark wissen.

Jutta schaute empört zu Mark. „Sandra?"

„Die hat ganz andere Sorgen wegen ihrer Hanfpflanzen", sagte Maike. „Was für eine blöde Idee."

Jutta trat näher an sie heran. „Sie wird doch keinen Ärger bekommen?"

„Also zumindest um eine Geldstrafe kommt sie nicht herum.“

Juttas Augen weiteten sich. „Sie muss doch nicht etwa ins Gefängnis.“

Maike schüttelte den Kopf und sagte etwas zu deutlich. „Ihr Glück ist, dass sie angeblich nur ein paar wenige Hanfpflanzen hatte. Und immerhin hat sie sie nicht verkauft.“

Dann warf sie ihrer Mutter einen strengen Blick zu, nur ja jetzt nichts Anderes darauf zu antworten.

Jutta nickte brav. „Hatte sie bestimmt nur, um sie als Pflanzengrün für ihre Sträuße zu verwenden.“

„Wisst ihr eigentlich, was Ranunkeln sind?“, fragte Maike, um das Thema zu wechseln.

„Na klar“, antwortete ihre Mutter. „Du nicht?“

„Jetzt schon. Ich musste allerdings im Internet nachschauen.“

„Die sind eigentlich sogar ganz schön“, schaltete Mark sich ein. „Ich hab da mal einen Artikel drüber geschrieben. Wenn man die vor ein paar hundert Jahren in England verschenkt hat, bedeutete das so viel wie: Ich finde dich ziemlich scharf.“

Jutta griff nach dem Glas Wasser, das Zoe ihr reichte. „Wenn du dich damit so gut auskennst, dann hoffe ich doch sehr, du hast deiner Frau auch schon ein paar Ranunkeln mitgebracht.“

Mark rollte mit den Augen. Zoe lachte.

„Was hat die Aal überhaupt in Niederteerbach gemacht?“, fragte Maikes Bruder schnell. „Oder meint ihr, die wurde vorher abgemurkst und dann nach Niederteerbach gekarrt?“

Zoe und Maike schüttelten die Köpfe.

„Wie es aussieht, hat der Sturz sie getötet", berichtete Zoe. „Wir warten zwar noch auf das Ergebnis der Blutuntersuchung und des Mageninhalts, aber wir gehen davon aus, dass sie noch lebendig war, als sie ... gestürzt ist. Gestorben ist sie an einem Genickbruch."

„Oh." Mark überlegte einen Moment. „Und was hat sie dort gemacht, mitten in der Nacht? Hat die etwa in Niederteerbach gewohnt?"

„Hey", beschwerte sich Maike.

„Ich finde es dort eigentlich ganz hübsch", behauptete Jutta.

„Seit wann?", fragte Mark ungläubig.

„Seit ich dort öfter bin", erzählte sie ungerührt.

„Wegen deiner Marmeladenlieferungen an Sandra Kuschel?" Zoe holte Teller aus dem Schrank und stellte sie vor Maike und Jutta.

„Nicht nur", antwortete sie und griff nach den Tellern, um sie zum Esstisch zu tragen.

Maike griff sich das Besteck.

„Ich bin in den Niederteerbacher Chor eingetreten", verriet ihre Mutter. „Die brauchten dringend Verstärkung. Vielleicht lass ich mich sogar in den Vereinsvorstand wählen."

„In den Chor?" Maike starrte sie verständnislos an. „Noch einen?"

Ihre Mutter liebte es zu singen. Allerdings bürdete sie sich mit ihren viel zu vielen Hobbys und Verpflichtungen auch allmählich ganz schön was auf. Und dann auch noch Chorproben in Niederteerbach ...

„Euer Chor ist toll", verteidigte Jutta sich und strahlte Maike dabei an. „Wirklich! Und er brauchte

Verstärkung." Sie begann, die Teller auf dem Tisch zu verteilen. „Aber der Chorleiter. Das ist ein richtiges Arsch…"

In diesem Moment stürmten Leonie und Laura ins Zimmer und Jutta brach sofort ab. Zu spät.

„Oma Jutta!", rief Laura und rannte ihr entgegen.

„Arschloch sagt man nicht!", ließ Leonie ihre Oma wissen.

Jutta zog die beiden gleichzeitig in die Arme und begann, ihre Kinderköpfchen mit Küssen zu bedecken. „Da habt ihr recht, ihr beiden. Das hätte die Oma nicht sagen dürfen."

Das böse Wort war für die Zwillinge allerdings schon wieder vergessen.

„Wir haben heute in der Kita ein neues Lied gelernt", krakeelten sie. „Willst du es mal hören?"

„Aber unbedingt!", versicherte Jutta.

Maike unterdrückte ein Stöhnen.

Kapitel 11

Das Abendessen verlief unterhaltsam. Mark erzählte von den Recherchen zu seiner jüngsten Kolumne: Umweltfreundliche Kalkentferner: Was wirkt wirklich?, Maike von ihrem Küchenfenster, das sich nur ganz öffnen oder schließen, aber nicht mehr kippen ließ, und davon, dass ihr Vermieter sich offenbar weigerte, sie zurückzurufen. Und Jutta von dem unmöglichen Chorleiter in Niederteerbach, der alle zur Weißglut trieb.

Zoe selbst hörte vor allem zu. Die kurze Nacht steckte ihr in den Knochen. Trotzdem zog sie sich mit Maike noch einmal auf den ausgebauten Dachboden zurück, nachdem ihre Schwiegermutter sich verabschiedet, Maike – erfolglos – Sarah wegen Katharina Aal auf den Zahn gefühlt und Mark die Zwillinge in die Badewanne gesteckt hatte.

„Warum schleppst du eigentlich diesen Rucksack mit dir herum?", fragte sie und deutete auf das schwarze Ungetüm, das Maike die Leiter hochgeschleppt hatte.

„Deshalb", antwortete ihre beste Freundin und zog eine Packung Marzipanschokolade daraus hervor.

„Hast du noch Hunger?", neckte Zoe, aber Maike winkte ab, legte die Schokolade beiseite und zerrte eine dicke, braune Akte aus dem Rucksack.

„Die hat mir Martin gegeben."

Augenblicklich verspannten sich Zoes Schultern. „Billie?"

Maike nickte.

Seite an Seite ließen sie sich auf der aufblasbaren Luxusmatratze nieder, die von Maikes gestrigem Besuch noch stand. Etwas Luft war über die letzten Stunden entwichen und das Gästebett gab unter ihrem Gewicht nach, was sie ignorierten, und starrten gebannt auf die Akte.

„Martin ist heute Morgen nach Frankfurt gefahren", erzählte Maike. „Die neue SoKo will sich mit der ehemaligen SoKo dort besprechen."

„Wegen Hans Wagner, dem ehemaligen Hofbesitzer", vermutete Zoe.

Maike nickte. „Was, wenn er es wirklich war? Wie konnte die SoKo damals das alles übersehen? Die Scheune. Diesen Kerker."

Zoes Magen zog sich zusammen. „Du weißt doch, wie das damals war. Und Wagner hat auf dem Hof Tiere gehalten. Damit hat er die Spuren schön verwischt."

„Und dann war da noch sein Alibi."

Zoe machte ein zustimmendes Geräusch. Nachdem Maike und sie Billies sterbliche Überreste in der unterirdischen Kerkerzelle entdeckt hatten, waren sie noch einmal sämtliche Zeugenaussagen von damals durchgegangen. Hans Wagner war zum Zeitpunkt von Billies Verschwinden mit seinem Schwager Heinz Schröckel im Dorfkrug gewesen; das hatten mehrere Augenzeugen unabhängig voneinander versichert.

Maike schlug die Akte auf und begann, darin zu blättern.

„Hier steht es“, murmelte sie schließlich und deutete auf eine der Aussagen. „Aber sein Grab war leer. Wie hat er das gemacht?“

Zoe überlegte. „Sein Schwager, dieser Heinz Schröckel, war ja damals der Besitzer der Niederteerbacher Sargfabrik. Vielleicht hat der ihm geholfen.“

„Du meinst, er hatte vielleicht Kontakt zum Bestatter?“

„Vielleicht hat der auch mit den beiden unter einer Decke gesteckt.“

„Mehrere Täter?“ Maike klang nicht überzeugt. Sie blätterte weiter durch die Akte.

„Vielleicht.“

„Den Heinz Schröckel können wir jedenfalls nicht fragen. Der ist schon lange tot.“

Zoe bekam eine Gänsehaut. „Das haben wir von Hans Wagner auch angenommen.“

Maike stöhnte. „Soll ich Martin anrufen, dass Schröckel auch exhumieren lassen?“

Es war als Scherz gemeint, aber Zoe fühlte sich inzwischen so benommen, dass sie sich fragte, ob das der richtige Weg war, ein Grab nach dem anderen in Niederteerbach öffnen zu lassen.

Schaudernd dachte sie an die Überreste der Leiche von Johanna Wagner, die sie heute auf dem Obduktionstisch liegen gehabt hatte.

„Warte mal“, sagte sie und ging hinunter ins Erdgeschoss, um die Notizen zu holen, die sie aus dem Institut mit nach Hause gebracht hatte. Als sie zurückkam, ließ sie sich auf einem der Sitzsäcke nieder. „Ob Wagner nun für Billies Verschwinden verantwortlich ist oder nicht, er war ein Mistkerl.“

„Was meinst du?"

Zoe reichte Maike den Bericht der Obduktion von Johanna Wagner.

„Knochenbrüche über Knochenbrüche", flüsterte Maike und starrte auf das Papier.

Zoe überließ Maike ihre Unterlagen und schnappte sich die SoKo-Akte von Martin.

„Und niemand hat ihn – oder irgendjemand sonst – deshalb angeklagt. Der Wagner muss Hilfe gehabt haben."

„Also doch der Bestatter?", fragte Maike. „Oder ein Arzt?"

„Könnte sein", antwortete sie, obwohl es ihr widerstrebte, sich vorzustellen, dass ein Mediziner bei so einer schändlichen Tat mitgemacht hatte.

Was, wenn sie es wirklich mit einer Tätergruppe zu tun hatten? Wenn Billie in diesem Drecksloch noch viel schrecklichere Dinge hatte durchmachen müssen, als sie ohnehin bereits befürchteten. Zoes Sicht verschwamm.

„Ich versuche morgen herauszubekommen, wer das damals war", sagte Maike.

Zoe blinzelte. „Wer was war?"

„Na, wer das damals war. Der Arzt. Der Bestatter."

Zoes Blick blieb an einer Liste von Gegenständen hängen, die von der Spurensicherung auf dem Hof des Ehepaars Wagner gefunden worden waren. Ihre Nackenhaare richteten sich auf.

Maike überlegte. „Vielleicht kann Gabi mir da weiterhelfen. Sie ..."

„Gib mir meine Notizen", unterbrach Zoe ihre beste Freundin.

Maike verstummte überrascht, reichte ihr jedoch sofort die Unterlagen.

„Was ist los?"

Fahrig griff Zoe nach ihren eigenen Unterlagen und blätterte vor bis zu den Arztberichten, die man Thomas heute Morgen in die Rechtsmedizin gefaxt hatte.

„Oh Gott." Ihr ganzer Körper begann zu zittern.

„Zoe?" Maike legte ihr die Hand auf die Schulter. „Was ist los?"

„Das war es, was mir komisch vorgekommen ist." Ihr wurde abwechselnd heiß und kalt.

„Zoe." Maike wurde immer ernster. „Schau mich an. Was ist los?"

Sie zwang sich, den Kopf zu heben und Maike direkt anzublicken.

„Digoxin", antwortete sie.

„Was?"

„Digoxin. Das ist ein altes Medikament, das gibt es heute eigentlich nicht mehr. Zumindest nicht mehr sehr häufig. Ich bin bereits darüber gestolpert, als wir vor ein paar Monaten die Liste mit den Gegenständen durchgegangen sind, die am Fundort von Billie sichergestellt wurden."

„Und?"

„Na ja. Die Dosierung ist schwierig. Das Präparat wird aus Eisenhut gewonnen."

„Ist der nicht giftig?"

„Ja, aber er hilft eben auch bei Herzinsuffizienz. Heute nutzt man meist andere Präparate, weil Digoxin eben nicht so leicht zu dosieren ist. Es wird nach Gewicht verabreicht und gespritzt. Das hat man für gewöhnlich im Krankenhaus oder beim Arzt machen lassen. Wie gesagt, früher hat man das viel genommen, deshalb habe ich mir nichts dabei gedacht. Aber heute …“

„Ja?“

„Als ich den Arztbrief von Hans Wagner durchgegangen bin“ – Zoe wedelte mit den Unterlagen vor dem Gesicht ihrer besten Freundin herum – „habe ich von einer Herzinsuffizienz nichts in seiner Akte gefunden. Und auch nicht in der seiner Frau. Wieso also lagen mehrere alte Schachteln des Medikaments im Wagner-Hof?“

Maike rückte näher zu ihr heran. „Du meinst, das hätte dort vermerkt sein müssen, wenn einer der beiden das Medikament genommen hätte?“

Zoe nickte. „Wenn die Herzen der beiden gesund waren und sie es genommen hätten, das hätte fatale Folgen gehabt.“

„Also sind entweder die Arztbriefe falsch …“

„… oder unvollständig.“

„Oder das Medikament war für jemand anderes bestimmt.“

Zoe kaute auf ihrer Unterlippe. „Billie war nicht krank“, sagte sie dann. „Und Digoxin ist verschreibungspflichtig. Die Wagners hätten das gar nicht so einfach bekommen.“ Sie legte die Akten beiseite, stand auf und begann im Raum auf und ab zu gehen.

Maike starrte sie an. „Hast du auch das Gefühl, dass wir dem Mörder von Billie gerade näher kommen?“

Zoe fuhr herum, starrte sie an und nickte. Dann ging sie zurück zu den Unterlagen, schlug die Akte von Billie an der Stelle mit der Liste der sichergestellten Gegenstände auf und hielt sie Maike hin.

„Mach ein Foto.“

„Foto?“

„Ja. Sonst vergisst du den genauen Namen des Präparats und gibst es völlig falsch wieder.“

Ehe Maike darauf etwas erwidern konnte, fuhr Zoe fort: „In Niederteerbach gibt es nur diese eine Apotheke, nicht wahr? Und die gab es schon damals. Du musst dort hin. Vielleicht findest du heraus, für wen das Medikament war.“

„Oder wer mit Hans Wagner unter einer Decke gesteckt hat.“

Als Maike ihr Smartphone zückte, begann es in ihren Händen zu vibrieren. Sie hätte es beinahe fallen gelassen.

„Martin“, murmelte Maike und nahm ab. „Ich muss mit dir reden“, sagte sie, blieb dann jedoch stumm.

Zoe beobachtete gespannt, wie Maike sich das Smartphone ans Ohr hielt und lauschte. Erst nach einer ganzen Weile schluckte sie und teilte Martin mit, was Zoe und sie gerade herausgefunden hatten. Dann legte sie auf.

„Was ist?“, fragte Zoe. Ihre Nerven waren bis zum Zerreißen gespannt. „Was sagt er?“

„Der Mörder hat vermutlich wieder zugeschlagen.“

Kapitel 12

An diesem Abend fuhr Maike nach Niederteerbach zurück. Das Telefonat mit Martin und auch Zoes Entdeckung hatten sie aufgewühlt. Außerdem konnte sie ihre beiden Katzen nicht noch eine Nacht allein lassen.

Auf der Autobahn ging ihr immer wieder das Gespräch mit Martin durch den Kopf. Hatte Billies Mörder tatsächlich ein weiteres Opfer gefunden?

Gemeinsam mit seinen Kollegen von der Sonderkommission war Martin auf dem Weg nach Usedom. Am Ostseestrand nahe der polnischen Grenze war die Leiche einer Siebzehnjährigen aufgefunden worden, mit Würgespuren am Hals und blauen Flecken an den Armen. Die SoKo zog in Erwägung, dass die junge Auszubildende demselben Täter zum Opfer gefallen war wie Maikes Schulfreundin so viele Jahre zuvor. Wie Billie und die junge Frau aus Frankfurt war sie rothaarig gewesen und die Leiche wies wie Letztere Würgemale am Hals auf. Die SoKo wollte nun sämtlichen Hinweisen auf den Mörder vor Ort nachgehen.

Maike kitzelte es in den Fingern, den Blinker zu setzen, von der Autobahn abzufahren und sich selbst sofort auf den Weg nach Usedom zu machen. Martin hatte ihr jedoch versichert, dass er sie über jedes noch so winzige Detail auf dem Laufenden halten würde, und ihr geraten, sich um den Apotheker und das Dia-irgendwas – oder wie auch immer das alte Medikament hieß – zu kümmern. Außerdem hatte sie ja noch den Fall rund um Katharina Aal aufzuklären.

In ihrer Wohnung kam sie nicht zur Ruhe. Crockett und Tubbs straften sie mit Nichtachtung, selbst dann noch, als sie ihnen ein leckeres Nassfutter-Abendmahl kredenzte. Da es erst neun Uhr war, versuchte sie es noch einmal bei Dieter Landgraf, um ihn aufzufordern, ihr Küchenfenster reparieren zu lassen. Doch ihr Vermieter öffnete weder die Tür noch ging er ans Telefon. Immerhin hatte sich inzwischen der penetrante Hanfgeruch aus Niederteerbach verzogen.

Sie schaute nach, ob bei ihrem Nachbarn Philipp Licht brannte, doch auch der war offenbar nicht zu Hause.

Nachdem Maike die Katzen doch dazu hatte überreden können, mit ihr auf der Couch zu kuscheln, versuchte sie, sich mit einem True-Crime-Podcast abzulenken, bis es Zeit fürs Bett war. Es dauerte ewig, bis sie einschlief.

Ausnahmsweise wachte sie am nächsten Morgen ohne Wecker recht früh auf. Die Leiche aus Usedom ging ihr nicht aus dem Sinn. Maike kontrollierte ihr Smartphone, doch Martin hatte ihr nicht geschrieben.

Als auf dem Weg aus der Haustür eine Vibration in ihrer Tasche eine eingehende Nachricht verkündete, zog sie das Handy mit klopfendem Herzen hervor.

Die Textnachricht war von Zoe:

Gibt es Neuigkeiten von Martin?

Leider nicht

schrieb sie zurück.

Bin auf dem Weg zur Apotheke.

Ruf mich an, sobald du was weißt

kam prompt die Antwort. Ich nehme heute das Telefon mit in den Obduktionssaal.

Zoe war offensichtlich ebenso nervös wie sie selbst.

Aus dem Besuch bei der Apotheke wurde allerdings nichts, weil diese donnerstags erst um zwölf öffnete. Maike schüttelte den Kopf und dachte sehnsüchtig an Berlin, wo die meisten Apotheken spätestens morgens um neun aufmachten.

Seufzend informierte sie Zoe und machte sich auf den Weg auf die Wache, beschloss allerdings, vorher einen Abstecher zu Harrys Fressoase zu machen. Die Tachmoiner wirkten, als warteten sie bereits auf sie.

„Moin", begrüßte Gunnar sie von seinem Stammplatz aus.

„Tach", erwiderte Maike und winkte.

Bruno stieß seinem Lebensgefährten begeistert mit dem Ellenbogen in die Seite und nickte ihr zu. Tach war eigentlich seine Standard-Begrüßungsformel. Er stammte aus Berlin, Gunnar aus Hamburg. Beide waren um die 70, früher Polizisten gewesen und hatten sich nach einem späten Outing gemeinsam in Niederteerbach niedergelassen. Inzwischen zählte Maike sie zu ihrem inoffiziell erweiterten Beraterstab.

„’nen Kaffee?“, fragte Harry, als sie an seine Imbiss-
bude trat.

„Danke, ja.“

„Hab aber nur noch Entkoffeinierten.“

„Bitte?“

Harald blickte sie bedauernd an. „Tut mir leid, Maike.
Gestern haben sie mir die Bude eingerannt. Und jeder
wollte ‘nen Kaffee.“

„Wieso denn das?“ Sie fand zwar selbst, dass Harald
den besten Kaffee im ganzen Ort machte, aber einen
Riesenandrang gab es bei ihm trotzdem höchstens zur
Karnevalszeit.

„Da lag was in der Luft“, rief Bruno ihnen von seinem
Platz aus zu.

Maike drehte sich um und tippte sich an die Nase.
„Und ich weiß auch genau, was.“

Die Hanfwolke aus Sabine Kuschels Gewächshaus.
Die hatte wohl alle aus dem Haus getrieben und gesellig
gemacht.

Sie blickte Harald direkt in die Augen. „Und du hast
auch sicher kein winziges Schlückchen mehr übrig?“

Er schüttelte den Kopf und reichte ihr, fast schon ent-
schuldigend, eine Tasse mit einer dampfenden Flüssig-
keit, die zwar wie Kaffee roch, aber vermutlich nicht so
schmeckte.

„Aber die Gabi besorgt es mir in der Mittagspause.
Kaffeepulver meine ich“, fügte er verlegen hinzu.

„Mensch, Harald, so einen kannst du echt nicht bringen, wenn du mir keinen richtigen Kaffee verkaufen
kannst.“

Maike bezahlte und schnupperte misstrauisch an ihrem Heißgetränk, ehe sie einen Schluck nahm. Schmeckte eigentlich ganz in Ordnung.

„Darf ich mich einen Augenblick zu euch setzen?", fragte sie die Tachmoiner.

Gunnar und Bruno nickten und Maike nahm Platz. Sie stellte die Tasse auf dem runden Plastiktisch ab, an dem sie saßen, und musterte die beiden.

„Brauchste wieder mal einen Rat?", fragte Gunnar.

„Wegen der Katharina Aal", fügte sein Partner hinzu.

„Eher wegen Norbert Ringbert", antwortete sie.

„Der Apotheker?" Gunnar und Bruno blickten sich verwundert an. „Was willst du denn von dem?"

„Mit ihm sprechen", gestand sie. „Aber er ist nicht da."

„Der macht die Apotheke donnerstags immer erst um zwölf auf."

„Hab ich gemerkt. Könnt ihr mir etwas über ihn erzählen?"

„Wir?", fragte Gunnar. „Wieso wir?"

Maike setzte ihr gewinnendstes Lächeln auf. „Na ja, er ist doch …"

„Schwul?" Gunnar wirkte überrascht. „Das wäre mir neu."

„Nein", räumte sie ein. „In eurem Alter."

„Ach so, und da hast du gedacht, wir sind vielleicht mit ihm befreundet, oder so?"

„Na, ihr wisst doch sonst über alles und jeden in Niederteerbach Bescheid."

Die Tachmoiner lachten.

„Aber über den Ringbert können wir dir wirklich nicht viel erzählen", sagte Gunnar dann. „Recht reserviert, der Gute. Und ein bisschen arrogant, wenn du mich fragst.“

„Und er lässt sich nie hier am Imbiss blicken“, fügte Bruno hinzu. „Nicht mal gestern.“

„Ist ihm wahrscheinlich nicht fein genug“, rief ihnen Harry hinter seinem Tresen zu. Er klang nicht so, als würde ihm das auch nur das Geringste ausmachen.

„Seit wann arbeitet der hier als Apotheker?“, fragte Maike.

„Das musst du den Harry fragen“, antwortete Bruno „Länger als wir hier leben, jedenfalls.“

Maike drehte sich zur Fressoase um. Harry stützte die Arme auf der Durchreiche ab und beugte sich in ihre Richtung. „Der Ringbert ist schon ewig Apotheker hier“, berichtete er. „Mindestens dreißig Jahre oder noch länger. Hat das Geschäft von seinem Schwiegervater übernommen, der hat es vorher gehabt.“

„Aha“, sagte Maike.

Harry nickte eifrig. „Hat sogar nach seinem Medizinstudium noch mal umgesattelt und Pharmazie studiert, damit er die Apotheke übernehmen kann. Der wusste natürlich, dass das eine Goldgrube ist, die wollte er sich nicht entgehen lassen. Und der Schwiegervater war froh, dass die Apotheke in Familienbesitz geblieben ist. Na ja, bis jetzt. Die Kinder vom Ringbert und seiner Frau wollen den Laden nicht weiterführen. Sind alle aus Niederteerbach weggezogen.“

„Verstehe.“ Maike griff nach der Tasse Kaffee.

„He!“, rief Gunnar. „Das ist meine.“

„Ups.“ Sie stellte die Tasse ab und griff nach ihrer. „Verwechselt.“

„Maike!", erklang da die Stimme von Philipp Rake. Ihr Nachbar kam vom Rathaus aus in Begleitung eines dunkelhaarigen Mannes auf sie zu.

„Na, guten Morgen", begrüßte sie ihn, als er mit seiner Begleitung an ihrem Tisch stehen blieb. „Gar nicht auf der Arbeit?"

„Wir sind dienstlich hier", sagte Philipp. „Torsten und ich waren gerade bei deiner Kollegin. Genehmigung für das Feuerwerk abholen."

„Ah, die Jubiläumsfeier der Sargfabrik", vermutete Bruno.

Philipps Begleiter, Torsten, nickte. Maike schätzte ihn auf Ende dreißig. Er trug eine dunkle Jeans, ein himmelblaues Hemd – und ein gewinnendes Lächeln. Er kam ihr bekannt vor, doch es dauerte einen Augenblick, bis sie begriff, woher. Damals waren seine Schläfen grau meliert gewesen.

„Kommen Sie auch?", fragte er die Tachmoiner.

„Das lassen wir uns doch nicht entgehen", antwortete Gunnar sofort.

Torsten nickte und wandte sich an Maike. „Und Sie?" Er streckte ihr die Hand entgegen. „Torsten, übrigens. Esser."

„Pech", erwiderte Maike und schüttelte ihm die Hand. „Maike Pech. Und ich fürchte, ich werde es nicht schaffen. Wir sind uns übrigens schon einmal begegnet."

„Ach ja?"

Sie nickte. „Sie haben ein Vampirkostüm getragen."

„Maike", rügte Philipp sie. „Torsten ist einer unserer besten Vertreter."

Sie zwinkerte Philipp zu. Vermutlich erinnerte er sich ebenfalls daran, dass sie Vampir-Torsten und eine als

Engel verkleidete Kollegin dabei überrascht hatten, wie sie sich während der Karnevalsfeier der Sargfabrik in einem Büro ... nun ... aneinander erfreut hatten.

„Daran erinnere ich mich gar nicht", gestand Torsten Esser.

„Nicht so wichtig", sagte Philipp schnell. „Wir sollten ohnehin zurückfahren. Ist noch viel vorzubereiten."

„Bevor du gehst", hielt Maike ihren Nachbarn auf. „Weißt du, wo unser lieber Herr Vermieter steckt?"

Philipp zuckte mit den Schultern. „Den habe ich schon seit Tagen nicht gesehen, tut mir leid. Wegen deinem Fenster?"

Sie nickte.

„Der Landgraf?", warf Bruno ein.

„Ja." Maike und Philipp wandten sich gleichzeitig den Tachmoinern zu.

„Der ist nicht da", bestätigte Gunnar.

„Das habe ich auch bemerkt", gab Maike zurück

„Der ist gerade auf Kur. Irgendwo an der Ostsee."

Sie erstarrte. „An der Ostsee? Ihr wisst nicht zufällig, wo genau?"

Gunnar griff nach seinem Kaffee. „Ich glaube, auf Usedom." Er wandte sich an Bruno. „Könnten wir eigentlich auch mal hinfahren. Soll schön dort sein."

„Lass uns lieber nach Sylt ...“

„Ihr seid sicher, dass er auf Usedom zur Kur ist?", unterbrach Maike die beiden.

Die Tachmoiner stutzten. „Schon."

„Maike?" Philipp berührte sie am Oberarm. „Alles okay?"

„Klar", sagte sie betont fröhlich.

„Du machst ein Gesicht, als würden gerade dunkle Gewitterwolken aufziehen.“

„Ich habe nur nachgedacht.“

„Du verdächtigst doch nicht etwa den Landgraf, etwas mit dem Tod von Katharina Aal zu tun zu haben?“, fragte Gunnar.

„Nein.“ Ihre Stimme klang in ihren eigenen Ohren seltsam belegt. „Nicht dafür.“

Philipp runzelte die Stirn. „Nicht dafür?“

„Ich meine“, sagte sie schnell. „Als Frau Aal starb, war er doch gar nicht hier.“

„Oder den Ringbert?“, fügte Bruno hinzu. „Der hat noch nicht mal ein Auto. Der fährt doch überall nur mit seinem Fahrrad hin.“

„Ich …“, begann Maike, doch in diesem Moment fuhr hupend eine dunkelblaue Luxuskarosse auf den Parkplatz vor dem Rathaus. Täuschte sie sich, oder war der BMW vorn rechts eingedellt?

Ungläubig beobachtete sie, wie sich Fahrer- und Beifahrertür öffneten und zuerst ein kläffender Dackel, dann Christian und Heike Zumwinkel aus dem Auto stiegen. Sie hoben die Arme, als bedrohe jemand sie mit einer Pistole, und winkten Maike zu. Die Finger steckten in etwas Dunkelblauem.

Maike stand auf und lief ihnen schnellen Schrittes entgegen. Als sie näherkam, begriff sie, dass die beiden keine Handschuhe trugen, sondern sich Hundekottütchen aus Plastik übergestülpt hatten.

„Frau Pech“, rief Heike Zumwinkel, während ihr Mann nach Waldis Leine angelte. „Schauen Sie mal, was wir im Wald gefunden haben!“

Kapitel 13

Eine Viertelstunde später drängten sich Maike und das Ehepaar Zumwinkel um Maikes Schreibtisch. Durch die nachträglich eingezogene dünne Rigipswand, die aus einem Büro zwei machte, hörten sie das Kläffen von Waldi. Der Dackel war offenbar weniger darauf erpicht, mit Gabi zu spielen, als diese mit ihm.

Maike versuchte, das Hundebellen auszublenden. Sie zog Stift und Papier zu sich heran. „Jetzt erzählen Sie mir bitte noch mal genau, wo Sie den Wagen gefunden haben."

„Also das war so", begann Christian Zumwinkel eifrig. „Wir waren mit dem Waldi auf unserem Morgenspaziergang. Und da stand dann das Auto."

Maike bemühte sich, nicht die Augen zu verdrehen. „Am Waldrand?"

„Ja", antwortete er.

„Nicht, dass Sie jetzt glauben, wir würden nach Spuren eines Verbrechens Ausschau halten", sprang Frau Zumwinkel ein. „Das war reiner Zufall."

Maike dachte an den pinkfarbenen USB-Stick, den Heike Zumwinkel vor etwa einem halben Jahr auf die Wache gebracht hatte. Darauf war die Aufnahme einer Überwachungskamera gewesen, die die Zumwinkels auf ihrem Grundstück installiert hatten, um zu beweisen, dass der Nachbarshund sich auf ihrem Grundstück erleichterte. Die Aufnahmen hatten damals zur Aufklärung eines Mordfalls geführt. Leise und heimlich hatten sich offenbar auch die Zumwinkels in ihren inoffiziellen Ermittlerstab eingeschlichen.

„Natürlich glaube ich das nicht", versicherte sie den beiden. „Aber ich würde dennoch gern von Ihnen hören, wo genau Sie auf den Wagen von Robert Küppers gestoßen sind."

Es hatte sich schnell herausgestellt, dass es sich bei dem BMW um das als gestohlen gemeldete Fahrzeug von Stefanie Aals Lebensgefährten handelte. Nicht nur hatte Gabi das anhand des Nummernschilds herausbekommen, auch die Zumwinkels hatten ihnen das bestätigt.

„Wir haben erst überlegt, ob wir das Auto gleich zum Robert bringen sollen", hatte Christian Zumwinkel ihr auf dem Parkplatz mitgeteilt und sich die leeren Hundekottütchen von den Fingern gezupft.

„Aber dann dachten wir, es ist besser, den Wagen zu Ihnen zu bringen", sagte seine Frau, die ihren seltsamen Fingerschutz noch anbehalten hatte.

Maike hatte daraufhin Walter Pöller informiert, dass sie ihn und sein Team schon wieder in Niederteerbach brauche, und Lukas dazu abgestellt, das Auto zu bewachen, damit ihm niemand zu nahe kam und noch mehr Spuren verwischte. Sie selbst hatte die Zumwinkels samt Dackel mit ins Rathaus auf die Wache genommen.

Jetzt gaben die beiden zu Protokoll, dass sie den BMW auf einem Waldweg gefunden und ihn sofort erkannt hatten.

„Kenne sonst keinen mit so einem Protz-Schlitten", warf Christian Zumwinkel ein. „Und dann der Schal vom FC Bayern hinten auf der Ablage. Das muss man sich ja erst mal hier trauen."

Maike war kein Fußballfan, also hielt sie sich mit einem Kommentar zurück.

Heike Zumwinkel rutschte auf dem Stuhl hin und her. „Na ja, und als wir die Spuren vorne am Auto gesehen haben und den kaputten Scheinwerfer, da wussten wir, dass da was nicht in Ordnung war."

„Und weil das Auto nicht abgeschlossen war und der Schlüssel steckte", ergänzte ihr Mann.

„Den Schaden vorne am Wagen haben wir erst gesehen, als der Christian den Schlüssel schon in die Hand genommen hatte." Frau Zumwinkel klang jetzt nervös. Sie knetete die leeren Hundekottütchen in ihrem Schoß. „Er wird doch keinen Ärger bekommen deshalb, oder?"

Maike lehnte sich auf ihrem Bürostuhl zurück. „Sie haben also den Autoschlüssel berührt?"

Christian Zumwinkel nickte.

„Sonst noch etwas?", bohrte sie nach.

Er schüttelte den Kopf.

„Deshalb haben wir doch gleich die hier über die Hände gezogen", berichtete Heike Zumwinkel eifrig. Sie legte die leeren Beutel auf den Schreibtisch und schob sie zu Maike. „Vielleicht braucht die Spurensicherung die noch?"

Maike starrte auf das blaue Plastik. „Sie haben also die Kottüten angezogen, um keine Fingerabdrücke zu hinterlassen, und sind in den Wagen gestiegen – mit Ihrem Dackel – und hierhergefahren?"

„Der Waldi saß die ganze Zeit bei mir auf dem Schoß", verteidigte Heike Zumwinkel den Hund.

Als würde er spüren, dass sie über ihn sprachen, bellte Waldi nebenan lauter.

„Hol's dir!", hörte Maike Gabi durch die Rigipswand rufen. Sie fragte sich besser nicht, was die beiden dort drüben trieben.

„Haben Sie sonst noch irgendetwas angefasst? Ohne Kottüten zu tragen, meine ich?", erkundigte sie sich stattdessen.

Das Ehepaar schüttelte synchron den Kopf.

„Wie gesagt, nur den Schlüssel", betonte Christian Zumwinkel stolz.

„Und den Robert Küppers kennen Sie woher?"

„Der wohnte mal in unserer Straße", antwortete Christian Zumwinkel.

Maike griff nach ihrem Notizblock. „Ach, der wohnte schon mal in Niederteerbach?"

Und sie hatte gedacht, er und Stefanie Aal seien hierhergezogen, weil sie eine Verbindung zum Ort hatte.

„Vor seiner Scheidung", erklärte Christian Zumwinkel.

„Und die ist wie lange her?"

Die Zumwinkels blickten sich an.

„Drei Jahre?", überlegte sie laut und konzentrierte sich wieder auf Maike. „Wir waren mal locker befreundet."

„Mit Robert Küppers?"

„Und seiner Frau. Also Exfrau.“

„Das war, bevor er sich in so ein Arschloch verwandelt hat“

Heike Zumwinkel schnappte nach Luft. „Christian!“

„Ist doch wahr.“

„Aber das sagt man doch nicht zur Polizei.“

„Och“, schob Maike ein. „Erzählen Sie ruhig.“

Doch Christian Zumwinkel schien die Courage schon wieder verlassen zu haben. „Ist einfach ziemlich arrogant geworden, der Robert“, erzählte er. „Also wenn Sie mich fragen, Frau Pech …“

„Ja?“

„Seit seinem Vierzigsten hat der total einen an der Waffel.“

Maike zuckte zusammen. Sie hatte selbst erst vor Kurzem ihren Vierzigsten gefeiert. Hatte sie sich seither verändert? Was würde Doktor Teppenmeier wohl dazu sagen?

„Erst hat er seinen Job hingeschmissen“, führte Christian Zumwinkel aus. „Dann seine Frau verlassen. Die totale Midlifecrisis, wenn Sie mich fragen.“

„Und wie lange hat er den BMW schon?“, fragte Maike.

„Den hat er sich kurz vor seinem Geburtstag gekauft.“ Christian Zumwinkel überlegte und fuhr dann fort. „Wahrscheinlich hat mit dem alles angefangen.“

Er starrte auf seine Hände. Vielleicht überlegte er, ob der Wagen für Robert Küppers vermeintliche Persönlichkeitsveränderung verantwortlich war und er sich gerade angesteckt hatte.

Heike Zumwinkel seufzte. „Die arme Marlene.“

Maike kritzelte den Namen auf den Notizblock. „Ist das Küppers Exfrau?"

„Ja", bestätigte sie. „Die hat er wirklich wie Dreck behandelt. Über fünfzehn Jahre waren sie verheiratet und er hat ihr praktisch nichts gelassen. Ausgenommen wie eine Weihnachtsgans hat er sie, und der Armen blieb nichts: Vor dem Unterhalt hat er sich gedrückt, das Auto war weg und dann sogar das Haus. Hat ihm gehört, schon vor der Ehe. Und er hat es einfach verkauft und sie rausgeschmissen. Einen Job durfte sie während der Ehe nicht ausüben."

„Wow", entschlüpfte es Maike.

„Furchtbar, nicht wahr?" Heike Zumwinkel bebte vor Wut. „Und jetzt lebt die Marlene zurückgezogen in einer klitzekleinen Dachkammerwohnung. Ich habe sie dort noch einmal besucht, aber dann ist der Kontakt abgebrochen. Ich weiß aber, dass sie bei der Haar-Moni einen Putzjob hat. Aber nur auf 500-Euro-Basis."

„Sie wissen also, wo Frau Küppers ...?"

„Ja, sie hat ihren Namen behalten."

„Sie wissen, wo Marlene Küppers lebt?"

Heike Zumwinkel nickte und teilte ihr die Adresse mit. Maike machte sich eine Notiz.

„Und der Robert Küppers hat wo gewohnt nach der Scheidung?"

„Köln", antwortete Christian Zumwinkel. „Hätte nicht gedacht, dass der sich noch mal in Niederteerbach blicken lässt."

Maike legte den Stift beiseite. „Wissen Sie, wie sich Robert Küppers mit der Schwester seiner neuen Lebensgefährtin verstanden hat? Katharina Aal?"

Heike Zumwinkel riss die Augen auf. Offenbar dämmerte ihr jetzt, worauf Maike hinauswollte.

Ihr Mann blieb ruhig. „Tut mir leid. Das weiß ich wirklich nicht. Wir haben ihn seit der Trennung nicht gesehen."

Das Telefon auf Maikes Schreibtisch klingelte.

„Einen Augenblick bitte." Sie griff nach dem Hörer. „Polizeiwache Niederteerbach, Kriminalhauptkommissarin Maike Pech am Apparat."

„Ich bin's", meldete sich Gabi. Dumpf konnte Maike sie ebenfalls durch die Wand hören. „Robert Küppers und Stefanie Aal sind jetzt da. Und … kannst du mich mal auf laut stellen?"

Maike war versucht, Gabi mitzuteilen, dass das bei der dünnen Wand eigentlich nicht nötig sei, und sie nur etwas lauter sprechen müsse, aber stattdessen tat sie ihr den Gefallen.

„Jetzt hören sie dich", teilte sie Gabi mit.

„Danke. Heike, ich bin's, die Gabi. Ich glaube, der Waldi muss mal."

„Ach du Schreck!" Heike Zumwinkel sprang vom Stuhl auf. Sie wollte schon nach drüben laufen, als ihr einfiel, dass sie gerade befragt wurde. Sie wandte sich an Maike. „Brauchen Sie uns noch?"

Die lächelte. „Schon in Ordnung. Aber wenn Sie das nächste Mal im Wald ein Auto finden – oder einen Knochen – rufen Sie uns an und bringen den Gegenstand nicht selbst hierher, einverstanden?"

Die Zumwinkels verabschiedeten sich und nickten Robert Küppers nur kurz und ohne ein Lächeln zu, ehe sie aus dem Rathaus verschwanden. Maike bat ihn und Stefanie Aal, kurz auf sie zu warten. Sie besprach sich draußen mit Pöller, dessen Team sich bereits daranmachte, Spuren im Auto zu sichern. Hoffentlich fanden sie mehr als ein paar Dackelhaare.

Lukas begleitete sie zurück auf die Wache. Danach widmeten die beiden sich Robert Küppers und seiner Lebensgefährtin.

„Haben Sie gesehen, wie mein Wagen zugerichtet ist?“, fragte Küppers aufgebracht und Maike glaubte schon, er würde gleich zu weinen anfangen.

„Es ist nur ein Auto“, wies Stefanie Aal ihn zurecht.

Obwohl sie im Vergleich zu ihrem Lebensgefährten winzig wirkte, besaß sie eine beeindruckende Präsenz. Küppers selbst spürte das offenbar auch. Er öffnete den Mund, um etwas zu erwidern, schloss ihn dann jedoch wieder. Sein Blick fiel auf Maikes Schreibtisch.

„Sie waren in der Nacht von vorgestern auf gestern geschäftlich in Bonn?“, fragte Maike, obwohl sie von Gabi gerade erfahren hatte, dass das Hotel Küppers Alibi bestätigte.

„Das habe ich Ihrer Kollegin gestern Nachmittag schon am Telefon gesagt“, blaffte er sie an. „Aber bitte, wenn Sie mir nicht glauben: Ich zeige Ihnen gern die Rechnung.“

Er wandte sich an Stefanie Aal. Die zog eine dunkelblaue Sammelmappe mit Gummizug aus ihrer Aktentasche, öffnete sie und reichte Maike ein zusammengefaltetes Blatt Papier.

„Haarschnitt und Färbung“, las sie vor und musterte den Rechnungsbeleg, ausgestellt bei Haar-Moni. „Und Intensivpflege?“

„Das ist meine“, sagte Stefanie Aal schnell und zupfte ihr die Rechnung aus der Hand. „Wollte ich mit ins

Büro nehmen, kann ich absetzen." Sie zog ein weiteres Blatt Papier aus der Mappe, warf einen Blick darauf und gab es ihr. „Das ist die Hotelrechnung. Ich habe sie …"

„Verwechselt!", unterbrach Maike sie.

He, hallte ihr Gunnars Stimme im Ohr, nachdem sie nach seiner Tasse gegriffen hatte. Das ist meine.

„Sie wurde verwechselt!", sagte sie.

„Was?", fragte Küppers. „Wer?!"

„Nicht Sie", teilte Maike ihm mit und wandte sich an seine Lebensgefährtin. „Sondern Sie!"

„Bitte?", fragte jetzt Stefanie Aal, während Lukas sich neben ihr aufrichtete.

„Die Jacke!", sagte Maike. Was hatte Zoe gesagt? Sie war mindestens zwei Nummern zu klein gewesen. Stefanie Aal war winzig. „Haben Sie Katharina vorgestern Nacht Ihre Jacke geliehen?"

Stefanie Aal starrte sie an. „Meine Jacke? Ja. Es hatte geregnet."

„Können Sie sie beschreiben?"

„Wen? Die Jacke?"

„Ja", antwortete Maike.

„Die war ganz neu. Eine pinke Sommerjacke aus Ballonseide." Stefanie Aal lächelte traurig. „Eigentlich war sie Kathi viel zu eng."

„Was ist denn jetzt los?", mischte sich Küppers ein. „Ich dachte, es geht hier um mein Auto."

„Tut es auch", antwortete Maike unbarmherzig. „Die Spurensicherung untersucht gerade, ob die Schwester Ihrer Freundin von diesem Auto angefahren wurde."

„Was?!" Stefanie Aal und Robert Küppers rissen gleichzeitig die Augen auf.

Küppers hatte ein bestätigtes Alibi.

Stefanie Aal hingegen ... Maike fiel die Aussage des Schulleiters wieder ein. Katharina und Stefanie Aal hatten sich nicht gut verstanden. Entweder hatte der Täter die beiden Schwestern verwechselt. Oder der Jackentausch war Teil eines komplexen Verwirrspiels und Stefanie hatte den „Unfall" kaltblütig geplant und dafür gesorgt, nicht als Verdächtige in Betracht zu kommen. Weit hergeholt, vielleicht, aber zuzutrauen war es ihr durchaus. Sie beschloss, dieser Idee nachzugehen, während es in ihr arbeitete.

„Dr. González, der Schulleiter des Gymnasiums, an dem Ihre Schwester gearbeitet ..."

„Ich weiß, wer Dr. González ist", unterbrach Stefanie sie.

Maike gab ihrer Stimme einen ernsteren Klang. „Er hat mir mitgeteilt, Sie und Ihre Schwester hätten sich gestritten. Oft."

Stefanie Aal verschränkte die Arme. Sie wurde ganz ruhig. „Hat er das?"

„Stimmt es?"

„Wir sind Schwestern", sagte Stefanie Aal. „Natürlich streiten wir."

„Auch vorgestern Nacht?"

„Das ist ...", begann Küppers, doch seine Lebensgefährtin legte ihm die Hand auf den Arm.

„Ich hoffe doch sehr stark, Sie möchten damit nicht andeuten, dass ich mit Katharinas Tod etwas zu tun habe, Frau Pech."

„Ich deute gar nichts an", sagte Maike. „Ich stelle nur Fragen." Gleichzeitig fuhren die Gedanken in ihrem Kopf Karussell. Stefanie Aal hatte ihrer Schwester eine

Jacke geliehen. Entweder war dies Teil eines komplizierten Plans, den sie noch nicht durchschaute – oder ...

„Falls Sie sich fragen, ob ich vorgestern mit Roberts Wagen gefahren bin, muss ich Sie leider enttäuschen. Ich hatte gar keinen Schlüssel. Den hat Robert mit nach Bonn genommen."

Wie zur Bestätigung holte dieser einen dicken Schlüsselbund aus seiner Aktentasche, an der sowohl ein BMW-Schlüssel hing als auch eine Plakette mit dem Vereinslogo des 1. FC Bayern.

„Den könnten Sie auch zu Hause getauscht haben", wandte Lukas ein.

„Könnten wir", sagte Stefanie Aal, immer noch ruhig. „Und theoretisch könnte ich auch Roberts Wagen kurzgeschlossen haben. Kann ich aber nicht. Handwerk war noch nie meine Stärke."

„Sie könnten doch den Ersatzschlüssel genommen haben", schlug Lukas vor.

„Gibt keinen", entgegnete Küppers knapp. „Hab ich schon vor Jahren verloren. Ich will seit Ewigkeiten einen nachbestellen. Komme irgendwie nicht dazu."

Lukas wollte etwas sagen, doch Maike hielt ihn zurück. Sie verschränkte die Arme und fuhr mit dem Bürostuhl vor und zurück. Es gab doch einen Ersatzschlüssel. Walter Pöller untersuchte ihn gerade auf Spuren. Das Paar log also entweder ... oder ...

„Sagten Sie gerade, dass Sie den Schlüssel bereits vor Jahren verloren haben?", fragte sie Küppers. „Haben Sie da noch mit Ihrer Exfrau zusammengewohnt?"

„Marlene?", fragte er überrascht. Dann weiteten sich seine Augen. „Marlene?!", wiederholte er, jetzt sichtlich sauer.

„Oh nein!", entfuhr es Stefanie Aal.

„Kennen Sie die Exfrau Ihres Lebensgefährten?", fragte Maike.

Stefanie Aal schluckte. „Ja, ich war ihre Scheidungsanwältin."

Die Offenbarung hing für eine Sekunde wie ein dräuendes Gewitter im Raum.

Stefanie Aal war die Scheidungsanwältin von Marlene Küppers gewesen. Die durch diese Scheidung sämtliche finanziellen Mittel verloren hatte. Und ihr Exmann war dann mit eben dieser Scheidungsanwältin zusammengekommen.

„Ich habe sie seit Ewigkeiten nicht mehr gesehen", verteidigte sich Stefanie Aal, deren sonst so beherrschter Miene man nun doch ansah, dass ihr die Situation unangenehm war.

„Die Friseurrechnung?", wollte Maike wissen.

„Was ist damit?"

„Von wann war die?"

„Vorgestern."

Robert Küppers schlug mit der Hand auf den Tisch. „Was hat denn die neue Frisur meiner Lebensgefährtin mit meiner Exfrau zu tun?"

Maike ging nicht auf seinen Ausbruch ein. „Ihre Exfrau arbeitet bei der Haar-Moni", beantwortete sie die Frage, ebenfalls eine Spur zu laut.

Und vielleicht, schoss es ihr durch den Kopf, hat Marlene Küppers dort Stefanie Aal gesehen.

Kapitel 14

Auch nachdem Stefanie Aal und Robert Küppers bereits gegangen waren, schwirrte Maike noch der Kopf von der absurden Wendung, die dieser Fall genommen hatte. Sie stand in Gabis und Lukas' Bürohälfte und ging mit ihnen die neuesten Erkenntnisse durch.

Stefanie Aal war die Scheidungsanwältin von Marlene Küppers gewesen und hatte sich danach ihren Exmann geangelt. Waren die beiden bereits während der Scheidung ein Paar geworden? Stefanie Aal und Robert Küppers bestritten dies vehement. Doch die Scheidung hatte Marlene Küppers nach Aussage der Zumwinkels finanziell ruiniert, sodass Stefanie Aal wohl nicht den besten Job gemacht hatte.

Maike zückte ihr Telefon und blickte Gabi an. „Lukas und ich fahren jetzt jedenfalls zu ihr. Kannst du mir einen anderen Gefallen tun?"

„Was denn?"

Maike tippte auf ihrem Smartphone herum, woraufhin das von Gabi mit einem Summen verkündete, dass eine Nachricht eingetroffen war.

„Ich habe dir gerade ein Foto geschickt."

Gabi starrte auf das Display. „Was ist das?"

Maike erzählte Gabi von ihrem Verdacht. „Es geht um dieses Medikament. Deine Schwägerin arbeitet doch in der Apotheke beim Ringbert.“

„Ja.“

„Kannst du sie bitten, dort mal in den Unterlagen zu prüfen, ob jemand Hans oder Johanna Wagner dieses Präparat verschrieben hat? Und ob es sonst noch jemand bekommen hat?“

Gabi starrte sie an. „Aber das ist über …“

„Zwanzig Jahre her, ich weiß.“

Gabi legte das Smartphone zur Seite. „Ich weiß nicht, ob es da noch Unterlagen dazu gibt.“

„Versuchst du es trotzdem? Es geht um Billies Mörder!“

„Na klar.“

Erleichtert legte Maike die Hand auf Gabis Schulter. „Danke. Und noch was: Kannst du deine Schwägerin bitten, darauf zu achten, dass ihr Chef nichts davon merkt? Den möchte ich mir selbst vorknöpfen. Und ich wüsste gerne vorher, ob er mir etwas verschweigt.“

Gabi blickte sie unsicher an.

„Ist eine offizielle polizeiliche Anfrage“, sagte Maike. „Sie soll nur vergessen, dem Ringbert Bescheid zu sagen. Ich pass schon auf, dass sie deshalb keinen Ärger bekommt.“

„Na gut“, lenkte Gabi unsicher ein und schielte hinüber zu Lukas. Der zuckte nur mit den Schultern, was sie offenbar beruhigte. Vermutlich kam sie zu dem Schluss, dass sie das schon mal machen konnte, wenn selbst Paragraphenreiter Lukas keine Einwände hatte.

Maike winkte ihn zu sich. „Wir fahren dann mal.“

Auf dem Weg zu ihrem Dienstwagen sprachen sie noch einmal mit Pöller. Es sah ganz so aus, als ob die Splitter, die am Unfallort gefunden worden waren, tatsächlich zu dem kaputten Scheinwerfer des BMW passten. Und zwischen Fahrer- und Beifahrersitz hatte die Spurensicherung zwischen einer beeindruckenden Menge von Dackelhaaren ein langes, rotgefärbtes Haar sichergestellt. Das würde man im Labor für den DNA-Abgleich nutzen.

Maike bat Pöller, ihr seinen Bericht schnellstmöglich zuzusenden, und fuhr mit Lukas zur Adresse von Marlene Küppers.

Das Haus, vor dem sie hielten, war ein typischer 80er-Jahre-Bau: Weiß gestrichen, zweistöckig und mit großem Vorgarten. Eine bunte Ansammlung grenzdebil lächelnder Elfenfigürchen lugte zwischen Blumensträuchern hervor. Maike und Lukas folgten dem roten Sandsteinweg bis zur Haustür.

Der Türsummer erklang, kurz nachdem sie den Klingelknopf betätigt hatte.

„Hm", machte Maike und stieg die Treppe hinauf zur winzigen Einliegerwohnung unter dem Dach.

„Da sind Sie ja", begrüßte Marlene Küppers sie dort.

Sie war klein und sah ziemlich erschöpft aus. Dunkle Ringe lagen unter ihren Augen und das graue Sweatshirt, das sie trug, hatte bereits bessere Tage gesehen. Ihre blaue Jeans war ausgebeult. Und ihr Haar hatte einen Rotton, der definitiv gefärbt aussah. Maike und Lukas wechselten ein Blick. Auch die Haarlänge passte zu dem Fundstück, das Pöller ihnen gezeigt hatte.

„Frau Küppers?", fragte Maike. „Ich bin …"

„Ich weiß, wer Sie sind“, unterbrach Marlene Küppers sie. „Kommen Sie rein.“

Ohne eine Erwiderung abzuwarten, drehte sie sich um und führte sie durch einen holzgetäfelten Flur in eine winzige Küche mit einem quadratischen Ecktisch, um den vier Stühle standen.

Küppers setzte sich auf den Stuhl am Fenster und deutete auf die anderen. „Setzen Sie sich.“

Vor ihr lag ein Frühstücksbrettchen mit einer Scheibe Vollkornbrot. Daneben standen eine Butterdose und ein kleiner Teller mit Käseaufschnitt.

„Haben wir Sie gerade beim Essen unterbrochen?“, fragte Maike, um das Eis zu brechen, und setzte sich. Lukas nahm ebenfalls Platz.

Marlene Küppers schüttelte den Kopf. „Steht noch von heute Morgen hier. Hatte keinen Hunger.“ Sie klang seltsam teilnahmslos.

Maike verschränkte die Finger und legte ihre Hände vor sich ab. Die Plastiktischdecke klebte leicht. Sie widerstand dem Impuls, die Hände wieder zurückzuziehen. „Sie arbeiten bei der Haar-Moni?“

Marlene Küppers nickte. „Nur ein paar Stunden die Woche.“ Sie stand auf und ging die drei Schritte zum Herd. „Ich wollte mir gerade Kaffee kochen. Wollen Sie auch einen?“

„Gern“, antwortete Maike, ausnahmsweise nicht, weil ihr Körper nach Koffein lechztet, sondern weil sie das Gefühl hatte, Marlene Küppers so anzuhalten, weiterzusprechen.

Sie beobachtete, wie die Frau einen Wasserkessel aufsetzte und dann in einem Vorratsschrank herumwühlte. Sie holte drei Tassen aus dem Schrank, die allesamt aussahen wie Werbegeschenke, und löffelte Instantkaffeepulver hinein.

„Frau Küppers“, fragte Maike. „Haben Sie auch vorgestern dort gearbeitet?“

Die Frau versteifte sich. „Ja“, antwortete sie dann. „Warum?“

„Dann sind Sie dort Stefanie Aal begegnet. Ihrer Scheidungsanwältin.“

Eine Weile lang herrschte Schweigen.

„Sie hat mich nicht gesehen“, sagte sie, ohne sich zu ihnen umzudrehen.

„Frau Aal?“, hakte Maike nach.

Marlene Küppers drehte sich noch immer nicht um. „Ich war gerade im Hinterzimmer. Da hab ich ihre Stimme erkannt. Im ersten Moment habe ich gedacht, ich bilde mir das nur ein. Aber dann hab ich um die Ecke geguckt und da stand sie: in dieser lächerlichen pinkfarbenen Jacke. Das gleiche falsche Lächeln im Gesicht, das sie mir immer gezeigt hat. Mitten in Niederteerbach!“

Maike lehnte sich vorsichtig im Stuhl zurück. Sie wollte jetzt keine unnötigen Geräusche verursachen. „Und dann?“

„Nichts dann“, behauptete Marlene Küppers. Doch ihre Stimme klang traurig und schwer und sie wirkte, als würde sie gleich unter einer Last zusammenbrechen.

„Wir haben eines Ihrer Haare im Wagen Ihres Exmannes gefunden“, behauptete Maike. Das musste zwar erst noch bewiesen werden, doch der Bluff erfüllte seinen Zweck.

Marlene Küppers drehte sich zu ihnen um und schlug die Hände vor dem Gesicht zusammen. „Ich wollte das doch gar nicht!“ Es dauerte einen Moment, bis sie sich wieder gefangen hatte. „Ich wollte sie nicht umbringen, verstehen Sie? Das müssen Sie mir glauben.“

„Wir glauben Ihnen“, versicherte Maike. „Ich glaube Ihnen. Was ist passiert, Marlene?“

„Durch meine Scheidung habe ich alles verloren, wussten Sie das?“

Maike machte ein mitfühlendes Gesicht. „Das tut mir leid.“

„Und jetzt läuft mir auch noch diese falsche Schlange von Scheidungsanwältin über den Weg und ich höre, wie sie meiner Chefin erzählt, dass sie nach Niederteerbach gezogen ist. Ausgerechnet sie. Mit meinem Exmann!“ Sie lachte auf, doch es klang nicht amüsiert.

„Seit einem Badeunfall vor fast zehn Jahren kann ich nicht mehr lange stehen“, erklärte Marlene Küppers. „Ich habe nicht mehr gearbeitet. Robert hat immer gesagt, ich soll mir keine Sorgen machen, er verdient schließlich genug für uns beide.“

Wieder lachte sie. „Ja. Und dann hat er mich verlassen. Von einem Tag auf den anderen und wollte die Scheidung.“

Sie nahm den Kessel vom Herd und goss heißes Wasser in die Tassen. „Im Guten wollte er sich von mir trennen, wissen Sie? Ich brauche mir keine Sorgen zu machen. Das hat er tatsächlich gesagt. Und dass er sich weiter um mich kümmern würde, weil es ja nicht so sei, dass nur, weil unsere Ehe zu Ende ist, auch unsere Freundschaft zu Ende sein müsse. Und ich blöde Kuh hab ihm das auch noch abgekauft.“

Sie ballte die Hände zu Fäusten. Allmählich kam etwas mehr Leben in sie. „Sogar die Scheidungsanwältin habe ich genommen, die er mir empfohlen hat. Wie blöd kann ein einzelner Mensch eigentlich sein?"

„Stefanie Aal", gab Maike das Stichwort.

Marlene Küppers nickte. „Was für eine falsche Schlange. Sie hat mir was vorgemacht und dabei hinter meinem Rücken nur sein Wohl im Sinn gehabt. Und wie sich herausgestellt hat, auch ihr eigenes."

„Wirklich?" Lukas klang betroffen. „Gibt es denn dafür Beweise?"

Marlene Küppers blickte ihn an, als habe er etwas wirklich Dummes gesagt. „Was für welche denn? Die beiden behaupten, sie hätten sich erst während der Scheidung kennengelernt und wären erst viel später zusammengekommen. Wer's glaubt! Ich brauche keine Beweise. Ich weiß, dass sie lügen."

Sie griff nach dem Buttermesser. „Betrogen haben sie mich. Nichts ist mir geblieben."

„Das war sicher alles nicht leicht."

Marlene Küppers lachte auf. „Absicht war das! Und dann höre ich, wie sie der Moni beim Haareschneiden von ihrem Prunkschloss erzählt, dass sie sich mit Robert im Neubaugebiet hat aufstellen lassen."

Sie starrte Maike direkt an.

„Das muss schrecklich gewesen sein", stimmte diese zu.

„Ich habe gedacht, mein Herz bricht ein zweites Mal."

„Und dann ...?", fragte Lukas.

Marlene Küppers seufzte und legte das Messer beiseite. Maike atmete auf.

„Dann habe ich angefangen, Umzugskartons zu packen. Mir war sofort klar, dass ich so schnell wie möglich weg muss aus Niederteerbach. Und dabei ist mir
der Ersatzschlüssel in die Hand gefallen. Er lag in unserem alten Schuhschränkchen, keine Ahnung, wie er da
hingekommen ist.“

„Der Ersatzschlüssel für den BMW Ihres Mannes?“

„Exmann“, korrigierte sie sofort. Sie trank noch einen
Schluck Kaffee. „Ja, das war vorgestern Nacht. Und da
wusste ich, wie ich mich rächen konnte.“

„Aber Mord …“, begann Lukas.

„Doch nicht Mord.“ Marlene Küppers starrte ihn an,
als habe er den Verstand verloren. Dann brach ihr Blick
und ihre Schultern sackten herunter. „Doch nicht
Mord! Nicht Mord.“

„Was hatten Sie vor, Frau Küppers?“, fragte Maike.
„Sicher wollten Sie Ihrem Ex-mann nicht seinen
Schlüssel zurückbringen.“

Marlene Küppers seufzte. „Ich glaube, den bescheuer-
ten Wagen liebt Robert mehr als alles andere. Ich wollte
eigentlich nur einsteigen, die Handbremse lösen und
ihn die Straße runterrollen lassen. Beim geringsten
Kratzer ist Robert ausgetickt. Was glauben Sie, was er
zu einem richtigen Crash gesagt hätte?“

Den gab es dann ja auch, hätte Maike beinahe gesagt.
Gerade rechtzeitig biss sie sich auf die Zunge.

„Es war spät, als ich vor dem Haus ankam“, fuhr
Marlene Küppers fort. „Nach Mitternacht. Aber im
Haus brannte noch Licht. Ich bin in den Wagen gestiegen und habe den Schlüssel ins Schloss gesteckt. Aber
dann saß ich da und hab's nicht geschafft. Ich habe an

all die Jahre gedacht, die Robert und ich zusammen hatten. Wir waren mal glücklich gewesen, verstehen Sie?"

Nein, das verstand Maike nicht. Sie hatte Robert Küppers kennengelernt. Und was sie danach von ihm erfahren hatte, ließ ihre ohnehin geringe Meinung, die sie von ihm hatte, noch tiefer in den Keller sinken. Doch sie hielt sich zurück.

„Keine Ahnung, wie lange ich im Auto gesessen habe", erzählte Marlene Küppers weiter. „Auf einmal lief sie an mir vorbei. Einfach die Straße hinunter. Ich hatte gar nicht bemerkt, dass sie aus dem Haus gekommen war."

Lukas' Hände umschlossen die Kaffeetasse vor sich. „Katharina Aal", vermutete er.

„Ich dachte, es ist ihre Schwester, das Miststück. Ich habe diese potthässliche Jacke erkannt, die sie auch bei der Haar-Moni getragen hat." Marlene Küppers machte eine kleine Pause. „Zuerst wollte ich ihr nur Angst einjagen", fuhr sie dann fort. „Es war eine spontane Idee. Ich habe sie beobachtet, wie sie den Abhang hinunter marschierte, und auf einmal war meine Hand wieder am Schlüssel. Ich startete die Zündung und fuhr ihr hinterher. Irgendwie bin ich immer schneller und schneller geworden."

Maike hielt den Atem an.

„Sie hat mich erst bemerkt, als ich fast bei ihr war. Sie hat sich umgedreht, aber ich habe nicht viel erkannt, ich hatte das Licht nicht angeschaltet. Im letzten Augenblick bin ich auf die Bremsen gestiegen und habe das Lenkrad herumgerissen, aber da war es zu spät. Ich hab sie erwischt und sie ist durch die Luft geflogen. Ich glaube, sie hat noch nicht mal geschrien."

Zorn stieg in Maike auf. Sie bemühte sich, ihn zu unterdrücken. „Und Sie haben nicht angehalten und nachgeschaut, ob sie verletzt war?"

„Doch", antwortete Marlene Küppers. „Aber da war es zu spät. Sie war den Abhang hinuntergestürzt." Sie blickte verzweifelt zwischen Maike und Lukas hin und her. „Ich habe erst am nächsten Tag erfahren, dass ich nicht Stefanie erwischt habe, sondern ihre Schwester."

„Sie haben das Auto daraufhin in den Wald gefahren und dort stehen lassen", sagte Lukas.

Marlene Küppers nickte. „Noch in der gleichen Nacht. Ich wusste nicht, wohin damit. Ich habe Lederhandschuhe getragen, wegen der Fingerabdrücke."

„Warum haben Sie den Schlüssel stecken lassen?", fragte Lukas.

Marlene Küppers lächelte schwach. „Das war dumm, nicht wahr?"

„Man hat im Fahrzeug eines Ihrer Haare gefunden", bluffte Maike.

Marlene Küppers stand auf, griff nach dem Teller mit dem Käse und ging hinüber zum Kühlschrank, um ihn hineinzustellen. „Das Haar ist nicht nötig", sagte sie. „Ich gebe alles zu. Ich wollte Katharina Aal nicht umbringen. Aber ich habe es getan. Lassen Sie mich nur schnell die Küche aufräumen. Danach können Sie mich verhaften."

Kapitel 15

„Den Fall hätten wir mal schnell gelöst", rief Bürgermeisterin Graefe, als sie am Abend in Maikes Büro kam, um sich nach dem aktuellen Ermittlungsstand zu erkundigen.

Maike lächelte verhalten. „Wir?"

Sabine Graefe überhörte geflissentlich das Fragezeichen. „Genau!", bekräftigte sie. „Sehen Sie, was für ein hervorragendes Team wir geworden sind? Wie ich es Ihnen an Ihrem ersten Tag hier prophezeit habe. Schade, dass Ingo Brandt nicht da ist. Aber so kann ich zur Abwechslung mal einen Artikel selbst schreiben und über unsere hervorragende Niederteerbacher Kriminalhauptkommissarin berichten."

Sie bedachte Maike mit einem stolzen Blick, der diese fast verlegen machte.

„Da wird es den Willy doppelt ärgern, dass er nicht auf die Idee gekommen ist, eine eigene Kriminalhauptkommissarin im Ort zu installieren", sprach die Graefe weiter und bei Maike fiel der Groschen. Sie sah die Schlagzeile schon vor sich: Bürger von Niederteerbach können wieder sicher schlafen. Dank weiser Personalpolitik von Bürgermeisterin Sabine Graefe.

Ihre Lippen zuckten.

„Vielleicht können wir Gabi noch bitten, ein Foto von uns zu machen", schlug die Bürgermeisterin vor. „Für die Presse."

Schlagartig wurde Maike ernst. „Lukas hat schon Feierabend. Ein Bild ohne ihn, das wäre doch nicht fair, oder? Schließlich sind wir ein Team."

Sabine Graefe runzelte die Stirn. Dann lenkte sie ein. „Sie haben wie immer recht, Frau Pech. Und so viel Zeit bleibt ohnehin nicht mehr, ich muss mich vor der Jubiläumsfeier noch zurechtmachen."

„Sie fahren auch zur Sargfabrik?", fragte Maike.

Die Graefe nickte. „Gleich von hier aus. Soll ich Sie mitnehmen?"

Maike schüttelte den Kopf. „Ich gehe nicht hin, danke."

Das überraschte die Bürgermeisterin. „Was? Aber warum denn nicht? Teamgeist, Frau Pech. Sie gehören doch inzwischen zu Niederteerbach wie ... Gabis Mann und seine Fressoase. Und der ist auch schon dort."

„Das tut mir wirklich leid", log Maike und deutete auf die Papiere auf ihrem Schreibtisch. „Aber ich muss erst noch den Bericht über die Vernehmung von Marlene Küppers für meinen Chef fertigmachen. Herr Breuer ist da ganz streng."

Marlene Küppers war nicht mit Lukas und ihr ins Büro nach Niederteerbach gekommen. Nachdem ihre Lebensmittel im Kühlschrank verstaut waren, hatte sie sich von ihnen ins Kriminalkommissariat nach Köln bringen lassen. Maike hatte mit Jens dort kurz gesprochen und ihren Bericht längst erledigt. Aber das musste die Graefe ja nicht wissen.

„Schade", sagte sie. „Aber sehr vorbildlich, dass Sie Ihre Arbeit so ernst nehmen."

Die Bürgermeisterin drehte sich um und wollte gerade aus der Tür verschwinden, als Maike noch etwas einfiel.

„Frau Graefe!"

„Ja?"

Maike versuchte sich an einem gewinnenden Lächeln. „Wo wir gerade von Teamgeist gesprochen haben und von Schnelligkeit und Effizienz ..."

Das hatten sie zwar nicht, aber da das die zwei Lieblingsworte der Bürgermeisterin waren, schien diese bereit zu sein, Maike zu erhören.

„Ja?", forderte sie Maike zum Weitersprechen auf.

„Das Archiv", begann Maike. „Was halten Sie davon, wenn wir die Digitalisierung beschleunigen?"

Die Augen der Bürgermeisterin begannen zu leuchten. „Ich bin ganz Ohr."

„Meine Nichte sucht einen Ferienjob. Und" – die folgenden Worte auszusprechen fielen Maike etwas schwer – „ich lege für sie meine Hand ins Feuer."

Die Graefe legte den Kopf schief. „Sie meinen die Tochter von Frau Schwäfel? Die Älteste, nicht wahr?"

„Nun, die anderen beiden sind gerade sechs geworden. Denen würde ich noch keinen Ferienjob hier anbieten."

Die Graefe lachte herzlich. „Frau Pech. Sie immer!"

„Was meinen Sie?", fragte Maike.

„Dass das eine sehr gute Idee ist", antwortete die Bürgermeisterin zu ihrer Erleichterung.

„Wenn man vom Teufel spricht", sagte Maike, als ihr Smartphone zu vibrieren begann und Zoes Name auf dem Display erschien.

„Teilen Sie ihr die frohe Kunde gern mit."

Maike wartete darauf, dass die Graefe ihr Büro verließ. Als sie das nicht tat, nahm sie den Anruf schulterzuckend an.

„Hallo", begrüßte sie ihre beste Freundin. „Gerade habe ich von dir gesprochen."

„Nur Gutes, hoffe ich", entgegnete Zoe. „Ich habe gerade Sarah zu einer Freundin nach Untereschbach gefahren und mich gefragt, ob ich zum Abendessen noch einen Schlenker zu dir machen soll. Außerdem wollte ich nachhören, ob es schon etwas Neues gibt?"

Maike blickte zur Bürgermeisterin, die sich seelenruhig an den Türrahmen lehnte und sie beobachtete.

„Bürgermeisterin Graefe steht gerade bei mir im Büro. Wir haben über dich und Sarah gesprochen."

„Über mich und Sarah?"

„Ja, wegen unseres digitalen ..."

„Entschuldige, Maike." Gabi schob sich an der Bürgermeisterin vorbei in das kleine Büro. Sie war bleich wie die Rigipswand. In der Hand hielt sie das Smartphone.

„Frau Petzold", entfuhr es der Graefe. „Sie sehen ja aus, als hätten Sie einen Geist gesehen."

„Äh ... einen Moment, Zoe", entschuldigte sich Maike und starrte Gabi an. „Was ist denn? Alles in Ordnung mit dir?"

Gabi hob die Hand mit dem Smartphone. „Das ist meine Schwägerin Ute. Die aus der Apotheke. Sie hat ... Ich glaube, das sollte sie dir selbst sagen."

Maikes Magen zog sich zusammen. „Bleib mal bitte dran, Zoe", bat sie ihre Freundin, legte das eigene Smartphone beiseite und griff nach dem von Gabi.

„Pech?", sprach sie in das Mikrofon. Ihre eigene Stimme kam ihr dünn vor.

„Frau Pech", ertönte eine helle Frauenstimme. „Hier ist Ute Petzold, die Schwägerin von Gabi."

„Ich weiß", murmelte Maike.

„Gabi hat mich auf das Digoxin angesprochen. Ich habe ihr versprochen, bei uns im System nachzuschauen, aber ich wollte warten, bis Herr Ringbert im Feierabend ist."

„Danke", antwortete Maike flach. „Haben Sie etwas entdeckt?"

„Digoxin ist ein altes Medikament, wissen Sie. Es wird eigentlich nicht mehr oft benutzt."

„Ich weiß. Das hat mir die Rechtsmedizinerin bereits erzählt." Sie schielte auf das Smartphone auf ihrem Tisch, sah Zoes Namen noch auf dem Display.

„Wir haben dafür aber immer noch einen Kunden", fuhr Ute Petzold fort. „Und geben es auch weiter aus."

Beinahe wäre Maike Gabis Smartphone aus der Hand gefallen. „Was?!"

„Ja. Also nicht direkt wir. Ich jedenfalls nicht. Das hat immer Herr Ringbert selbst ausgegeben."

Maike wurde kalt. „An wen?"

Sie glaubte, zu wissen, welchen Namen Ute Petzold ihr gleich mitteilen würde.

Dieter Landgraf ist zur Kur an der Ostsee, hallte Gunnars Stimme durch ihre Erinnerung.

Doch Gabis Schwägerin sagte etwas anderes.

„Esser", antwortete sie. „Torsten Esser."

Maike brauchte eine Sekunde, bis sie den Namen zugeordnet hatte. Torsten Esser. Philipps Kollege. Der Sargfabrikmitarbeiter mit dem Vampirkostüm, den sie heute vor Harrys Fressoase getroffen hatte.

Das Foto vom Büro der Sargfabrik, das in den zurückgelassenen Habseligkeiten des Mörders gefunden worden war, als er in Frankfurt zugeschlagen hatte, fiel ihr wieder ein. Sie hatte immer angenommen, Billies Entführer sei älter als sie selbst gewesen, sie wusste selbst nicht, warum, aber der etwas jüngere Esser kam durchaus infrage.

Esser war Vertreter, wie sie heute erfahren hatte. Er kam in ganz Deutschland herum. Sicher auch nach Frankfurt. Vielleicht sogar bis an die Ostsee.

„Danke", murmelte sie tonlos in Gabis Smartphone und legte auf.

Dann stand sie so abrupt auf, dass ihr Bürostuhl nach hinten rollte. Sie drückte Gabi das Smartphone in die Hand und schnappte sich ihr eigenes.

„Ich glaube ich weiß, wer Billie ermordet hat", stieß sie hervor.

„Wie bitte? Wirklich?" Zoe klang angespannt.

„Frau Pech!", sagte Bürgermeisterin Graefe, während Gabi ein „Himmel" entschlüpfte.

„Er heißt Torsten Esser und arbeitet in der Sargfabrik. Er bekommt noch immer dieses Digo-Dings. Ich fahr jetzt dorthin."

„Warte auf mich!", bat Zoe.

Maike schüttelte den Kopf, obwohl ihre beste Freundin das natürlich nicht sehen konnte. „Komm einfach dorthin."

Sie beendete auch dieses Telefonat, ohne sich zu verabschieden. Das Smartphone begann in ihrer Tasche zu vibrieren, aber sie ignorierte es. Ihr Puls dröhnte in ihren Ohren.

„Frau Pech!“, wiederholte Bürgermeisterin Graefe.

Maike achtete nicht auf sie. Alles, woran sie denken konnte, war Torsten Esser. Und Billie.

Sie schnallte sich ihre Dienstwaffe um. Dann fixierte sie Gabi. „Ruf Jens Breuer an. Und Staatsanwalt Grasso. Und Lukas. Und so viel Verstärkung, wie wir kriegen können.“

Gabi, jetzt noch eine Spur bleicher, nickte nur.

„Und Martin“, fügte Maike hinzu, während sie begann, sich durch die Papiere auf ihrem Schreibtisch zu wühlen. „Jens soll ihm Bescheid sagen. Wo ist dieser verdammte Autoschlüssel?!“

„Hier“, antwortete Bürgermeisterin Graefe und deutete auf eine Stelle hinter dem Festnetztelefon.

„Danke“ Maike schnappte ihn sich. Dann drängte sie sich zwischen den beiden Frauen vorbei und rannte den Gang entlang Richtung Ausgang.

„Wir rufen alle an!“, rief ihr Bürgermeisterin Graefe hinterher. „Sie können sich auf uns verlassen! Wir sind doch ein Team!“

Die Tür schlug hinter Maike ins Schloss.

Das restliche Rathaus schien verlassen. Ihre Schritte hallten laut im Gang wider, im gleichen Rhythmus wie ihr Herzschlag. Sie biss die Zähne zusammen und zwang sich, schneller zu rennen.

Es ging um ihre beste Freundin. Seit einem Vierteljahrhundert wartete Billie darauf, dass ans Licht kam, was man ihr angetan hatte. Wer ihr das angetan hatte.

Maike konnte keine Sekunde länger warten.

Kapitel 16

Ihr Herz galoppierte. Maike musste sich beherrschen, nicht das Blaulicht anzuschalten und mit hundert Stundenkilometern zur Sargfabrik zu brettern. Aber falls Torsten Esser Billies Peiniger war, durfte sie ihn natürlich nicht vorwarnen.

Er ist es.

Er ist es.

Er ist es, hämmerte es im Rhythmus ihres Pulses durch ihren Kopf. Und die gefundene Frauenleiche an der Ostsee? Vielleicht ein Zufall.

Oder war Esser dort gewesen?

Sie würde es erfahren.

Mit zusammengebissenen Zähnen hielt sie an einem Zebrastreifen und ließ zu, dass drei Mütter eine Rasselbande Kinder über die Straße trieben. Es war nach sechs. Was machten die denn bitte jetzt noch draußen?

Als endlich auch der letzte Knirps an der Hand seiner Mutter auf dem gegenüberliegenden Bürgersteig getreten war, gab Maike Gas. Die Reifen quietschten. Im Rückspiegel sah sie, dass Mütter und Kinder ihr erschrocken hinterher starrten und eine der Frauen einen Zeigefinger an die Stirn hob.

Sollte sie doch.

Als das Gelände der Sargfabrik näherkam, fuhr sie wieder langsamer. Sie zügelte den Motor ebenso wie ihre rasenden Gedanken. Das Handy, das in ihrer Tasche vibrierte, ignorierte sie weiterhin.

Als sie auf dem Parkplatz zum Stehen kam, zog sie es aus der Hosentasche und warf es auf den Beifahrersitz. Dann schnappte sie sich eine graue Trainingsjacke vom Rücksitz. Dafür war es eigentlich viel zu warm, aber Maike konnte durch die Feiernden schlecht mit sichtbar getragener Dienstwaffe gehen. Sie fluchte, während sie in die Jacke schlüpfte. Ständig stieß sie mit ihren Ellenbogen oder Schultern irgendwo an. Dabei war der Nissan Cube doch gar nicht so klein.

Als sie fertig war, umfasste sie mit den Fingern fest das Lenkrad und zwang sich, zehn Mal langsam ein- und auszuatmen, bis sie das Gefühl hatte, sich im Griff zu haben.

Ihre Beine zitterten allerdings immer noch, als sie ausstieg.

Die Jubiläumsfeier der Sargfabrik fand im großen Innenhof des Firmengeländes statt. Fröhliches Lachen und Musik schwappten ihr entgegen. Eine Blaskapelle schmetterte ein zünftiges Bierzelt-Lied, das sie eher an das Oktoberfest als an Niederteerbach denken ließ. Und als sie auf den Hof trat, stellte sie fest, dass sie damit gar nicht so falsch lag: Über den ganzen Innenhof waren lange Girlanden von Gebäude zu Gebäude gespannt. Bierbänke und -tische standen überall und Maike kam es so vor, als sei ganz Niederteerbach versammelt. Die Leute drängten sich aneinander, quatschten, lachten, sangen miteinander und hatten einen Riesenspaß. Auf einem Podest hatte es sich das

Blasorchester gemütlich gemacht. Und auf der anderen Seite des Hofes stand eine riesige Hüpfburg in Gelb und Orange, auf der Kinder tobten. Den Vogel schoss allerdings Sandra Kuschel ab, die unweit des Eingangsbereiches und direkt neben Harrys Fressoase eine kleine Gruppe Kinder und Erwachsene dazu ermutigte, fröhlich den Pinsel zu schwingen. Statt Leinwänden bemalten die begeisterten Künstler allerdings Särge.

Unter ihnen, den Pinsel mit der roten Farbe wie einen Taktstock schwingend, stand Horst.

„Frau Pech", rief Sandra Kuschel und winkte ihr zu.

Auch Horst winkte: „Maikelein!", stieß er hervor. „Du musst nicht traurig sein."

Maike zwang sich ein Lächeln auf die Lippen, nickte den beiden zu und trat zur Fressoase.

„Da bist du ja doch", rief ihr Harry begeistert entgegen.

„Ich weiß, du bist nicht gern allein", schallte Horsts schiefer Gesang zu ihnen herüber.

Harald und sie ignorierten es.

„Und die Gabi hat gesagt, du kommst nicht", sagte er. „Willst du einen Kaffee? Jetzt habe ich wieder welchen."

„Danke, nein."

Harry wirkte ernsthaft schockiert. „Du, der ist mit Koffein."

„Nein, danke", wiederholte Maike. Sie ließ den Blick über die Menge schweifen, aber sie entdeckte Torsten Esser nirgends. Auf dem Platz waren einfach zu viele Menschen. Bis sie jede Bankreihe abgeklappert hätte, wäre der Abend vorbei.

„Sag mal, hast du Philipp Rake gesehen?", fragte sie Harald.

„Deinen Nachbarn?“ Er deutete zu den letzten Bank-
reihen. „Da hinten, glaube ich.“

„Danke.“

Ehe er weitere Fragen stellen konnte, drehte sie sich
um und tauchte in die Menge. Inzwischen waren die
Bewohner von Niederteerbach keine unbekannten Ge-
sichter mehr. Maike sah die ehemaligen Mitarbeiter
vom Bauhof, Zlatko und Kalle, Vincent Rossbach, den
derzeitigen Besitzer der Sargfabrik, und Yannis
Grupka, den Neffen des Pensionsbetreibers Tobias Raibach. Sie entdeckte Konstantin Odenthal, den Besitzer
des hiesigen Fitnessstudios, Alois Speckle, den Vorsit-
zenden des Niederteerbacher Karnevalsvereins und
Britta Taft, die Geschäftsführerin des CryoYoung.

Erschreckend, dachte sie, wie viele Menschen ich nur
kenne, weil ich ihnen im Rahmen von Ermittlungen begegnet bin.

„Maike!“, begrüßte Gunnar sie, der zusammen mit seinem Lebensgefährten und mit der Briefträgerin Sybille
an einem Tisch saß.

„Muss leider weiter“, rief sie ihnen zu. „Hab’s eilig.“

In der vorletzten Reihe entdeckte sie endlich Philipp,
der ins Gespräch mit einigen anderen jungen Leuten
vertieft war, vielleicht mit Arbeitskollegen.

Kein Torsten Esser.

„Ich muss mit dir reden“, sagte sie nach einer knappen Begrüßung. „Allein.“

Die Rothaarige, die neben Philipp saß, warf ihr einen
genervten Blick zu. Ihr schien es überhaupt nicht recht
zu sein, dass eine Polizistin ihren Tischnachbarn be-
schlagnahmte, aber sie verkniff sich einen Kommentar, als Philipp sofort aufstand und sich von Maike zur

Seite ziehen ließ. Sie führte ihn in die Nähe des Podests mit der Blasmusik und blieb gerade noch weit genug davon entfernt stehen, dass ihnen nicht die Trommelfelle platzten, sie jedoch mit ihm sprechen konnte, ohne dass sie jemand belauschte.

„Willst du knutschen?", neckte Philipp sie.

„Ich bin nicht zum Spaß hier", sagte sie mit Grabesstimme.

Philipp hob eine Augenbraue. „Was gibt's denn? Geht's um den Landgraf?"

„Quatsch." Sie holte tief Luft. „Kannst du mir sagen, wo dein Kollege von heute Morgen ist? Dieser Torsten Esser?"

Die Frage überraschte Philipp offenbar. „Torsten? Was willst du denn von dem? Geht's um das Feuerwerk?"

Sie schüttelte den Kopf. Wie viel konnte sie ihm verraten?

„Ich muss ihn sprechen", sagte sie nur.

Philipps Augen wurden schmal. „Du willst ihn verhören."

Sie presste die Lippen aufeinander.

„Hör mal, Maike. Der Torsten ist in Ordnung. Der kann's nicht gewesen sein. Der hätte diese Lehrerin niemals einfach liegen gelassen und sich aus dem Staub gemacht. Der hätte die Polizei gerufen. Und ich habe vorhin auch seinen Dienstwagen gesehen. Der hat keinen Kratzer."

„Es geht nicht um Katharina Aal", fuhr sie ihn etwas zu heftig an. „Es geht um Billie."

Das verschlug Philipp die Sprache.

Zwei, drei Herzschläge lang starrten sie sich einfach nur an. Dann sammelte er sich wieder.

„Du glaubst …?"

„Was kannst du mir über ihn erzählen?", fragte sie. „Wie gut kennst du ihn?"

Philipp trat ein paar Schritte zurück und lehnte sich gegen eine Gebäudewand, als koste ihn selbst das Stehen Kraft. „Nicht sehr gut. Ist immer freundlich und hilfsbereit."

„Du hast gesagt, er ist Vertreter", hakte Maike nach.

„Ja, ist er."

„Dann ist er also ab und an auch auf Dienstreisen?"

„Ständig."

„Wo?", wollte Maike wissen.

„Deutschlandweit", antwortete er. „Vor allem im süddeutschen Raum, aber auch in Österreich, der Schweiz und Italien."

„War er in letzter Zeit auch mal auf Usedom?"

„Das weiß ich nicht", sagte Philipp nervös. „Kann aber sein. Maike …"

„Weißt du, wo er jetzt ist?", unterbrach sie ihn.

Philipp fuhr sich erschöpft mit der Hand durchs Haar. „Ich glaube, er ist zu Hause. Morgen geht's für ihn schon wieder los. Er wollte noch packen."

„Wo wohnt er? In Niederteerbach?"

„Hier", antwortete Philipp zu ihrer Überraschung. „Er hat eine Mitarbeiterwohnung hier auf dem Gelände."

Maikes Herzschlag beschleunigte sich wieder. Am liebsten hätte sie sich mit einem Griff vergewissert, dass ihre Dienstwaffe an Ort und Stelle saß. Stattdessen zwang sie sich, die Hände ruhig zu halten.

„Wo ist die Wohnung?", fragte sie bemüht ruhig.

„Ich bring dich hin", sagte Philipp.

Und Maike nickte. Ein Fehler, wie sich herausstellen sollte.

Die Dienstwohnungen der Sargfabrikmitarbeiter lagen in einem langen Seitengebäude. Maike versuchte, die Partygeräusche der Feiernden auszublenden, denen sie jetzt den Rücken zukehrte. Vor einer der Wohnungen stand ein schwarzer Kombi.

„Ist das seiner?", fragte sie.

Philipp nickte. Seine Bewegungen waren fahrig geworden, er wirkte ziemlich nervös.

„Von hier aus schaff ich's allein. Geh zurück zu den anderen."

„Auf keinen Fall", widersprach er.

„Hör zu ..."

Philipp unterbrach sie. „Er wird sich weniger wundern, warum du bei ihm klingelst, wenn ich dabei bin."

Maike schüttelte den Kopf.

„Ich bleibe bei dir." Philipp ließ sich nicht abwimmeln.

Und sie knickte ein. Vielleicht auch, weil ihr für weitere Diskussionen keine Kraft blieb. Und Philipp ein kleines bisschen recht hatte.

„Also gut. Auf eigene Gefahr."

Die Tür zu Torsten Essers Firmenwohnung bestand aus einem dunkelbraunen Holzrahmen, in den Scheiben aus getrübtem Sicherheitsglas eingesetzt worden waren. Horizontal verlaufende Balken unterteilten das Glas in drei schmale, langgezogene Rechtecke. Vielleicht war es ein Zeichen, dass sie dadurch entfernt an eine Gefängniszelle erinnerte.

Maike wollte gerade klingeln, als die Tür nach innen aufgezogen wurde. Torsten Esser stand im Flur, eine große Reisetasche über der Schulter. Überrascht sah er ihnen entgegen.

Maike fing sich als Erste. „Herr Esser", begrüßte sie ihn.

„Frau Pech", erwiderte er.

„Sie erinnern sich daran, wie ich heiße. Sehr schön. Darf ich Ihnen ein paar Fragen stellen?"

„Natürlich", antwortete er. Er fragte noch nicht einmal, worum es ging.

Stattdessen trat er in den Flur zurück und etwas zur Seite, um sie durchzulassen. Maike leckte sich über die Lippen, unterdrückte erneut den Drang, nach ihrer Pistole zu greifen, und trat ein. Die Wohnung war weiß gestrichen und wirkte kahl. Nirgends hingen Bilder. Selbst die Garderobe war leer.

Erst bei ihrem nächsten Schritt roch sie es: Benzin! Ein schwacher Geruch waberte durch die Luft.

Maike atmete tief ein, um ihren Verdacht zu überprüfen. In diesem Moment prallte etwas gegen ihren Rücken und ließ sie nach vorn taumeln.

„He!", hörte sie Philipp rufen, während sie sich mit einem Ausfallschritt abfing. „Spinnst du?"

„Klappe!", hörte sie Torsten Esser zischen.

Sie zog ihre Dienstwaffe unter der Jacke hervor und wirbelte in der gleichen Bewegung herum. Esser hatte die Sporttasche nach ihr geworfen. Offenbar waren nur Kleidung und andere weiche Gegenstände darin.

„Schon gut." Philipps Stimme zitterte. „Mach keinen Scheiß."

Esser war es gelungen, Philipp an sich zu reißen. Mit einer Hand hielt er ihn am Hemdkragen fest, in seiner anderen lag ein Schweizer Taschenmesser, dessen Klinge er an Philipps Kehle presste.

Scheiße.

Scheiße!

Maikes Hand verkrampfte sich um ihre Waffe.

„Lassen Sie Philipp los! Ich will nur mit Ihnen reden."

„Ja klar", erwiderte Esser. „Ich weiß, warum Sie hier sind."

Woher?, fragte sich Maike. Woher konnte er das wissen? Sie hatte doch selbst erst vor einer halben Stunde mit Ute Petzold telefoniert.

„Rein da!", herrschte er sie an und bedeutete ihr, den Flur entlangzugehen.

Sie bewegte sich keinen Zentimeter. Stattdessen richtete sie die Waffe genauer auf ihn aus.

„Sie werden mich nicht erschießen", höhnte Esser.

„Ach ja?"

Seine Augen blitzten. „Nicht nur wegen dem hier." Er presste die Klinge fester auf Philipps Kehle, sodass er röchelte.

Maike hatte das Gefühl, auch ihr würde die Luft abgeschnürt. Es war ein Fehler gewesen, Philipp mitkommen zu lassen. Was nun? Sie konnte das Monster, das Billie gequält und kaltblütig ermordet hatte, auf keinen Fall gehen lassen.

Der Benzingeruch biss in ihre Nase.

„Sie werden mich nicht erschießen, weil Sie dann niemals erfahren, was mit Ihrer Freundin geschehen ist."

Es war, als habe er ihre Gedanken ausgesprochen. Maikes Knie wurden weich. Aber sie durfte jetzt nicht schwach werden, nicht jetzt. Schon allein wegen Billie. Und Philipp.

„Lassen Sie den Mann los!"

Torsten zerrte an Philipps Kragen und brachte dessen Körper genau zwischen sich und Maike.

„Gehen Sie in die Wohnung!", wies er sie an.

Maike bewegte sich kein Stück. „Und dann?"

„Dann werde ich verschwinden und der hier kann gehen."

„Sie wollen untertauchen? Das ist Ihr Plan?"

Sie beobachtete, wie Torsten mit Philipp langsam rückwärts Richtung Ausgang ging. Dabei achtete er darauf, das Messer keine Sekunde von dessen Hals zu nehmen.

Maike folgte den beiden langsam.

„Bleiben Sie stehen!", befahl Esser.

„Maike", krächzte Philipp.

Ihr Herz raste. Sie konnte Esser nicht gehen lassen. Sie konnte nicht.

Aber Billie war tot. Und sie durfte nicht riskieren, dass Philipp auch ...

Scheiße!!

Torsten Esser hatte mehrere junge Frauen – Mädchen! – ermordet. Würde er da Skrupel haben, Philipp abzustechen?

Wie gut standen ihre Chancen, dass sie Esser mit einer Kugel traf, ohne dass Philipp dabei lebensgefährlich verletzt wurde?

Vielleicht ein Kopfschuss?

Dann werden Sie niemals erfahren, was mit Ihrer Freundin geschehen ist.

Maike hustete. Der Benzingeruch wurde immer unangenehmer.

Torsten taumelte mit Philipp nach draußen.

Ohne zu zögern, lief sie ihm hinterher.

Kapitel 17

„Jetzt rechts abbiegen!", rief Gabi Zoe zu und deutete mit der Hand in die Richtung, um ihre Worte zu unterstreichen.

Zoe lenkte den Wagen schlitternd um die Kurve.

„Gut, dass ich die Hauptstraße vorletztes Jahr habe verbreitern lassen", sagte Sabine Graefe von ihrem Platz auf der Rückbank aus. „Erinnern Sie sich, wie eng das vorher war, Frau Petzold? Wenn wir mit diesem Tempo …"

„Jetzt nicht, Frau Graefe", schnitt Gabi der Bürgermeisterin das Wort ab.

Und die hielt sich überraschenderweise daran.

Zoes Herz klopfte wie verrückt. Sie hatte die beiden an der Straße aufgelesen. Maike hatte ihre Anrufe ignoriert, also hatte Zoe in der Wache angerufen und mit Gabi gesprochen. Die hatte ihr versichert, sie könne ihr den schnellsten Weg zu der Sargfabrik zeigen, und war ihr auf der Straße entgegengeilt. Und die Bürgermeisterin hatte sich ihr angeschlossen.

Jetzt jagten sie zu dritt Maike hinterher, in der Hoffnung, dass sie nichts Dummes tat, und dass die Verstärkung, die Gabi aus Köln angefordert hatte, nicht allzu lang auf sich warten ließ.

Unterwegs hatte Zoe mit Jens telefoniert, der ebenfalls unterwegs war, sich aber offenbar weniger Sorgen um Maike machte als sie.

„Sie ist ein Profi", hatte er gesagt. „Sie macht keine Dummheiten."

Zoe wünschte, sie hätte ihm glauben können. Seit ihrem Umzug nach Niederteerbach war Maike bereits beinahe verbrannt und fast vergiftet worden.

Und in beiden Fällen war es nicht um Billie gegangen.

Maike war eine hervorragende Kriminalhauptkommissarin, da hatte Jens recht, aber in diesem Fall ... Um Billies Mord zu lösen, würde Maike alles riskieren. Alles.

Und Zoe wollte auf keinen Fall noch eine Freundin verlieren.

„Da vorne durch das Tor!" Gabi dirigierte sie auf ein großes Firmengelände zu.

Schröckel Särge, stand auf einem Banner neben der Einfahrt. Niemand bringt Sie seit 75 Jahren stilvoller unter die Erde.

„Langsam jetzt", sagte Gabi. „Da drinnen findet eine Jubiläumsfeier statt."

Zoe bremste nur ab, weil sie nicht einen Haufen Partygäste auf dem Gewissen haben wollte. Sie fuhr an Maikes Dienstwagen vorbei bis zum Innenhof.

Dort entdeckte sie Maike. Sie stand mit erhobener Pistole in der Eingangstür eines grauen Gebäudes. Vor ihr standen ein Mann mit dunklen Haaren und ...

„Ist das Philipp Rake?", fragte die Bürgermeisterin.

„Und Torsten Esser", bestätigte Gabi. „Die beiden haben heute Morgen die Genehmigung für das Feuerwerk abgeholt."

Mit schlitternden Reifen kam das Auto zum Stehen. Zoe schnallte sich ab, riss die Fahrertür auf und stürzte ins Freie.

Sie erfasste die Situation sofort: Maike hatte ihre Dienstpistole gezogen. Die SIG Sauer in ihren Händen sah winzig aus.

Die beiden Männer standen ihr gegenüber. Torsten Esser hielt Philipp irgendetwas an den Hals. Vielleicht ein Messer.

Zoes Hirn schaltete sich ab. Sie rannte los.

„Kommen Sie!", hörte sie Bürgermeisterin Graefe hinter sich den Feiernden zubrüllen. „Sie werden hier gebraucht!"

Kapitel 18

Maikes Augen weiteten sich, als sie Zoe auf sich zu sprinten sah. Dann richtete sie ihre Aufmerksamkeit sofort wieder auf Torsten Esser und Philipp. Die Klinge des Schweizer Taschenmessers glitzerte gefährlich im Licht der Abendsonne.

„Gehen Sie wieder rein!", rief Esser ihr zu. Er stand nur etwa fünf Meter von ihr entfernt, hielt jedoch Philipp noch immer so, dass sie ihn nicht gefahrlos erschießen konnte.

Zoe kam keuchend neben ihr zum Stehen.

Ihre Anwesenheit erfüllte Maike mit frischer Kraft, auch wenn sie nicht mal den Kopf in ihre Richtung drehen konnte, um sie zu begrüßen.

„Lassen Sie Philipp los!", rief sie Esser zu. „Das hat doch alles keinen Zweck mehr."

„Schneller!", gellte eine hohe Frauenstimme über den Hof. War das Bürgermeisterin Graefe?

Esser hatte es offenbar auch gehört, er drehte sich um und drückte Philipp dabei die Klinge fester auf die Haut. Ein kleines Rinnsal Blut floss seinen Hals hinunter. Philipp keuchte auf.

Nein. Nein. Nein. Nein!

„Verschwinden Sie!", brüllte Esser.

Zoe richtete sich auf.

Maike löste den Blick kurz von Esser, um über dessen Schulter zu spähen. Sie glaubte, ihren Augen nicht zu trauen. Die Partygäste waren von ihren Bänken aufgestanden und kamen auf sie zu. Sie bildeten einen großen Halbkreis und kamen immer näher.

„Ich glaube, sie kesseln ihn ein", flüsterte Zoe ihr zu.

Maikes Herz machte einen Satz.

Sie hatte recht.

Die Niederteerbacher kesselten Billies Mörder ein.

„Verschwindet!", rief dieser. „Haut ab!"

Keiner hörte auf ihn. Maike sah Gabi zwischen der Bäckereiverkäuferin, die sie an ihrem allerersten Tag in Niederteerbach bedient hatte, und Roland Hammer, den hiesigen Förster. Harry war aus seiner Fressoase getreten und ein Teil der Kette geworden, ebenso wie Sandra Kuschel. Sie hielt in beiden Händen große Borstenpinsel, als seien es Waffen.

„Ich hab gesagt, ihr sollt verschwinden!", rief Esser erneut.

Wieder hörte sie Philipp röcheln.

Was, wenn der Verrückte ihm die Kehle durchschnitt? Sie musste jetzt schießen. Selbst, wenn sie dann niemals erfahren würde, was genau mit Billie geschehen war.

Maike schluckte und stabilisierte den Arm.

„Warte", flüsterte Zoe neben ihr. „Schau."

Und Maike sah es:

Horst trat aus der Reihe der Partygäste und ging langsam auf Torsten Esser zu. Er wankte nicht, sondern lief kerzengerade, wie ein Akrobat auf einem Seil.

„Nein", hörte sie ihn sagen, laut, klar und deutlich. „Du kommst hier nicht weg. Das lassen wir nicht zu. Wir halten zusammen."

Maike hatte Horst noch nie so nüchtern gesehen.

Das allein grenzte an ein Wunder. In diesem Moment geschah jedoch noch etwas Anderes: Krachend und pfeifend explodierte etwas in der Sargfabrik.

Maike zuckte kurz zusammen. Zoe duckte sich. Die Niederteerbacher stießen erschrockene Schreie aus.

Und Maike verstand.

Das Feuerwerk!

Auch Torsten Essers Kopf flog erschrocken herum.

Und Philipp duckte sich weg

Maike überlegte nicht. Sie visierte ihr Ziel an. Und drückte ab.

Esser schrie auf, wankte und ging zu Boden.

Philipp stolperte davon.

In das Zischen der aufsteigenden Feuerwerkskörper mischte sich das Heulen von Sirenen.

Die Dienstwaffe fest in den Händen rannte Maike, gefolgt von Zoe, auf Torsten Esser zu. Er rollte sich winselnd auf dem Boden herum und hielt sein blutendes Bein, dort, wo ihn die Kugel getroffen hatte.

Hoffentlich schmerzt es höllisch!, dachte Maike. Am liebsten hätte sie die Waffe auf seinen Kopf gerichtet und noch einmal abgedrückt.

Aber so ein Mensch war sie nicht.

„Jetzt wirst du bezahlen", teilte sie ihm stattdessen mit, während die Niederteerbacher um sie herum in Applaus und Jubel ausbrachen.

Kapitel 19

„Geht's?", fragte Jens, als sie auf die Tür des Besprechungsraums zuliefen, in dem Maike Martin, Zoe und Sandro vermutete.

Fast eine Woche war seit Torsten Essers' Festnahme vergangen; eine aufreibende Woche voller Verhöre, Untersuchungen und dienstlicher Besprechungen. Maike konnte kaum glauben, dass jetzt tatsächlich alles vorbei sein sollte. Mehrere Gerichtsverfahren standen zwar noch an, aber gemeinsam mit Jens hatte Maike gerade die für sie vorläufig letzte Vernehmung im Fall Torsten Esser hinter sich gebracht.

„Ja, es geht", sagte sie und lächelte ihn an.

Jens lächelte zurück. Auch unter seinen Augen lagen dunkle Ringe, wenngleich sie vermutete, dass die einen anderen Ursprung hatten. Seine kleine Tochter Emily ließ ihn und seinen Ehemann André seit vielen Monaten nicht durchschlafen.

Jens blieb stehen, wandte sich Maike zu, und mitten auf dem Flur des K11 nahm er sie fest in den Arm. Es war ihm offenbar egal, was andere dachten.

„Du hast es geschafft." Maike konnte den Stolz und die Wärme heraushören, die er für sie empfand. „Du hast den Fall gelöst."

„Ich hatte Hilfe", sagte sie. Und das stimmte.

Ohne Zoes Geistesschärfe, ohne die Hilfe ihrer Kollegen, ohne die Unterstützung der Niederteerbacher, ja ohne Horst – wer wusste schon, wie dieser Fall sonst ausgegangen wäre?

„Stell dein Licht nicht unter den Scheffel", sagte ihr Chef. Dann öffnete er die Tür.

Der Besprechungsraum dahinter war groß und lichterfüllt. An einem ovalen Tisch saßen wie erwartet Martin, Zoe und Sandro und blickten ihnen erwartungsvoll entgegen.

Martin stand auf, griff nach einer Wasserflasche und schenkte ihr und Jens ein.

„Danke", sagte sie, als sie sich auf den freien Stuhl neben ihn setzte. Kurz legte er ihr die Hand auf den Rücken.

„War es das jetzt?", fragte Zoe.

Maike nickte. „Ich glaube, wir haben alles."

Die ganze Geschichte. In all ihren schrecklichen Einzelheiten. Soweit das überhaupt nach all den Jahren noch aufzudecken war. Alles würden sie nicht mehr erfahren. Damit mussten sie leben lernen.

Die Geschichte begann damit, dass es Torsten Esser, den Entführer und Peiniger von Billie, offiziell gar nicht gab.

„Der Täter ist also tatsächlich der leibliche Sohn von Johanna Wagner?", fragte Sandro.

Jens ließ die Miene eines Kugelschreibers klicken. „Ja. Norbert Ringbert hat es bestätigt."

„Der Apotheker?", hakte Sandro nach.

„Ja", antwortete Maike. „Torstens leiblicher Vater."

Zoe seufzte. „Das stelle ich mir furchtbar vor. Ein Kind auf die Welt bringen, ohne dass das jemand merkt."

Genau das war nämlich geschehen.

Hans Wagner hatte zusammen mit seiner Frau Johanna außerhalb von Niederteerbach auf dem alten Hof gelebt, dort, wo Maike und Zoe Billies Leiche gefunden hatten. Die Ehe war nicht sonderlich glücklich gewesen. Hans Wagner hatte bereits damals stark getrunken und seine Frau regelmäßig misshandelt. Das hatte Norbert Ringbert hatte heute unter Eid ausgesagt.

Statt ihn anzuzeigen oder zu verlassen, war Johanna Wagner bei ihrem Mann geblieben. Vielleicht hatte er ihr gedroht und sie so gefügig gemacht.

„Ringbert und Johanna sind sich nähergekommen, als er ihr nach einem von Hans' gewalttätigen Ausbrüchen wieder einmal mit ihren Verletzungen geholfen hat", berichtete Jens.

Zoe schüttelte den Kopf. „Er wusste, dass ihr Mann sie schlug, und hat nichts für sie getan? Nichts gesagt?"

„Nicht nur das", warf Maike ein. „Er hat nicht nur nichts getan, sondern auch noch eine Affäre mit ihr angefangen."

„Er behauptet, irgendwann hat sie sich von ihm getrennt, ohne ihm zu verraten, dass sie schwanger war", sagte Jens. „Und dass er davon ausgegangen ist, dass ihr Mann hinter die Affäre gekommen ist und sie sich deshalb zurückgezogen hat."

Johanna Wagner hatte ihren Sohn, Torsten, allein auf dem Hof zur Welt gebracht. Außer ihrem Mann hatte zunächst niemand davon erfahren, dass es ihn gab. Und Hans Wagner hatte von Anfang an gewusst, dass

Torsten nicht sein Kind sein konnte, weil er zeugungsunfähig war.

Statt sich um das unschuldige Wesen zu kümmern oder Johanna und den Kleinen gehen zu lassen, zwang er seine Frau, Stillschweigen zu wahren. Stattdessen baute er diesen geheimen Raum unter der Scheune, den Maike nur allzu gut kannte. Er verfolgte sie immer noch bis in ihre Träume. Dort musste das Kind schlafen. Torsten durfte nicht in den Kindergarten oder zur Schule gehen, er hatte keine Spielkameraden. Außer seiner Mutter und Hans Wagner, der alles daransetzte, ihm einen Hass auf alles und jeden einzupflanzen, besonders auf Frauen, gab es niemanden. Torsten erlebte eine gewalttätige Kindheit ohne Liebe.

„Seit wann weiß Ringbert, dass er noch einen Sohn hat?", fragte Martin.

„Schon seit der Junge drei Jahre alt ist", antwortete Maike. „Torsten war immer kränklich und blass. Die Wagners suchten Hilfe bei Ringbert, der fast fertiger Mediziner war, bevor er Pharmazie studiert hat. Er diagnostizierte bei Torsten eine angeborene Herz-Muskel-Schwäche und verabreichte ihm das Digoxin. Das Medikament, das wir auf dem Hof gefunden haben. Sie konnten mit Torsten ja nicht zum Arzt gehen, weil er offiziell gar nicht existierte."

Zoe blickte sie ungläubig an. „Und das hat der einfach so gemacht?"

„Nein, sie haben ihn erpresst."

„Womit?", fragte Sandro.

„Wagner hat Ringbert gedroht, dass er ihn bei dessen Frau und im Dorf bloßstellt, wenn er ihm nicht hilft. Und was Gabi so erzählt, hätte die das nicht mitgemacht. Sie war selbst gerade mit ihrem vierten Kind schwanger. Und ihrer Familie gehörte damals noch die Apotheke. Ringbert war ein armer Schlucker, der vermögend geheiratet hat. Ohne seine Frau besäße er selbst praktisch nichts."

„Und da hat der Apotheker das Medikament besorgt und seinen unehelichen Sohn sogar behandelt", ergänzte Jens.

„Torsten und Ringberts Aussagen stimmen allerdings darin überein, dass er recht früh gelernt hat, sich das Präparat selbst zu spritzen."

„Wahnsinn", murmelte Zoe. „Dumm war er nicht."

„Wahnsinn ist", stellte Maike klar, „dass das viele Jahre so weiterging. Selbst nach dem Tod von Johanna Wagner."

„Hat Torsten sie umgebracht...?", fragte Zoe.

Jens zuckte mit den Schultern. „Er behauptet, das sei sein Vater gewesen. Nachdem einem großen Streit hatte Johanna einen Versuch unternommen, ihn zu verlassen. Letztlich ihr Todesurteil."

Martin schnaubte. „Glaubt ihr das?"

„Wissen werden wir es wohl nie", sagte Maike. Dann sah sie zu Zoe. „Auf dem Totenschein steht, dass sie einen Unfall hatte. Aber nach der ganzen Vorgeschichte können wir uns wohl vorstellen, wie der aussah."

„Wie alt war Torsten Esser da?", hakte Sandro nach. „Ich meine Torsten Wagner."

„Dreizehn oder vierzehn", antwortete Maike.

„Ein Jahr später verschwand Billie", sagte Zoe düster.

Kurz herrschte Schweigen.

„Hat er darüber gesprochen?", fragte Sandro.

Maike räusperte sich, setzte an, etwas zu sagen, wandte sich dann aber an Jens. „Erzähl du." Das packte sie jetzt nicht.

Auch Jens räusperte sich. „Esser sagt, er hat sie im Wald entdeckt. Beim ... sie hat sich erleichtert. Und er hat sie niedergeschlagen. Ein Kurzschluss, nicht geplant."

„Und in den Keller gebracht", griff Maike den Faden nun doch auf, die Stimme voller Abscheu. „Hat sie dort behalten wie ein ... wie ..."

Martin legte seine Hand auf ihre. Maikes Finger zuckten, sie wollte sie wegziehen. Doch sie ließ sie liegen. „Er behauptet, sein Vater habe davon nichts gewusst."

„Der war an dem Abend ja auch in der Dorfkneipe", sagte Zoe. „Um mit seinem Schwager zu trinken."

„Mit diesem Heinz Schröckel", stimmte Maike zu. „Dem Bruder von Johanna."

„Halbbruder", korrigierte Jens.

„Halbbruder", bestätigte Maike. „Der erfuhr auch erst später, dass Johanna überhaupt einen Sohn hatte."

Sandro seufzte. „Ganz schön verquere Familiengeschichte."

„Das kannst du laut sagen", meinte Maike. „Esser, also Torsten Wagner behauptet, Billie hätte ungefähr fünf Monate in diesem Kellerloch gesessen. Nachdem ... nach ihrem ... Danach ... Ungefähr ein halbes Jahr, nachdem sie ... gestorben ist, ist ein Streit zwischen dem Vater und dem Sohn eskaliert. Und dabei ist dann Hans Wagner gestorben, also der Zieh-Vater von Torsten."

„Er ist also doch tot?", fragte Sandro. Diesen Teil der Geschichte kannte er noch nicht.

Jens nickte. „Torsten Esser ist isoliert aufgewachsen, aber wie Zoe schon festgestellt hat, ist er nicht dumm. Ganz im Gegenteil sogar. Seine Mutter hat ihn wohl unterrichtet. Ja, und nachdem er seinen Vater im Streit erschlagen hat, ist er hilfesuchend zu seinem Halbonkel Heinz Schröckel gegangen.“

Sandro blickte auf seine Notizen. „Dieser Heinz Schröckel von der Sargfabrik? Warum ist Torsten nicht zu Norbert Ringbert gegangen, immerhin ist das ja sein leiblicher Vater?“

„Der Schröckel hatte Geld zu Verfügung“, erklärte Maike. „Das hatte der Ringbert nicht. Und der Schröckel hatte internationale Verbindungen durch sein Unternehmen.“

„Und der hat seinem Neffen geholfen? Warum?“ Sandro machte ein ratloses Gesicht.

Jens legte den Kugelschreiber beiseite. „Ihn können wir nicht mehr fragen. Torsten Esser sagt, dass seine Mutter immer ein sehr liebevolles Verhältnis zu ihrem Halbbruder Heinz Schröckel hatte. Er hat Torsten aufgenommen, hatte selbst ein paar Jahre zuvor seine Frau und sein Kind bei einem Verkehrsunfall verloren. Vielleicht hatte er auch ein schlechtes Gewissen, dass er von all dem nichts mitbekommen hat? Immerhin hat er seine geliebte Halbschwester nicht vor diesem Monster gerettet.“

„Gabi hat sich ein bisschen im Ort umgehört“, berichtete Maike, „und herausgefunden, dass es damals hieß, Torsten Esser sei der Sohn einer befreundeten Familie aus Österreich und bei Schröckel untergekommen, um in der Sargfabrik eine Ausbildung zu machen.“

„Esser behauptet“, ergänzte Jens, „sein Onkel habe ihm zunächst geholfen, die Leiche von Hans Wagner, also von seinem Ziehvater, im Krematorium verschwinden zu lassen und einen leeren Sarg zu bestatten. Wie das genau abgelaufen ist, wissen wir nicht. Der Bestatter ist nicht mehr am Leben. Anschließend hat Schröckel seinem Neffen gefälschte Ausweispapiere und Dokumente besorgt. Wie und woher, das weiß Esser angeblich auch nicht. Keine Ahnung, ob er lügt. Aber es kann schon sein, genug Geld und Beziehungen hatte Schröckel ja. Den Zeugnissen zufolge hat Torsten Esser danach eine Eins-a-Ausbildung in der Sargfabrik hingelegt.“

„Falls die Zeugnisse nicht auch alle gefälscht sind“, sagte Zoe.

Sandro schüttelte den Kopf. „Traurig. Er hat ein neues Leben geschenkt bekommen. Doch da hatte ihn sein Ziehvater schon so traumatisiert, dass er sein altes nicht mehr hinter sich lassen konnte.“

„Er hat wieder gemordet“, sagte Maike.

„Wer weiß, wie oft. Daran arbeitet die SoKo noch“, ergänzte Martin.

Maike trank ihr Glas aus. Martin ergriff die Wasserflasche, um ihr nachzuschenken, doch sie winkte ab.

„Und obwohl er hier so viel Furchtbares erlebt hat“, sagte er, „ist er weder von seinen alten Medikamenten weggekommen – obwohl er sich auch modernere Präparate hätte verschreiben lassen können – noch von Niederteerbach.“ Er blickte Maike direkt an. „Und an diesem Ort hast du ihn schließlich geschnappt.“

„Wir“, verbesserte Maike.

„Ich war leider nicht da", erwiderte er und es klang, als täte es ihm leid.

Maike ging nicht darauf ein. „Beinahe wäre es zu spät gewesen. Als Philipp und ich zu ihm gekommen sind, war er schon auf dem Sprung. Die ganze Wohnung hatte er mit Benzin getränkt. Er wollte sie abfackeln, um Beweise und DNA zu vernichten, ehe er sich aus dem Staub macht."

„Doch dazu ist es nicht gekommen", sagte Jens und schaute erst sie an, dann in die Runde. „Vorhin hat Norbert Ringbert zugegeben, dass er es war, der Torsten Esser gewarnt hat. All die Jahre hat er niemandem von seinem Sohn erzählt. Hatte wohl immer noch Angst, seine Apotheke oder seine Familie zu verlieren."

„Er bestreitet allerdings, dass er irgendetwas von den Morden gewusst hat", sagte Maike.

„Das bezweifle ich stark", warf Zoe ein.

„Vielleicht lügt er nicht", gab Maike zu bedenken. „Vielleicht wollte er einfach nicht allzu genau hinschauen."

„Wie hat er überhaupt erfahren, dass du ihm auf die Schliche gekommen bist?", fragte Martin. „Ich dachte, du hättest Gabi gesagt, ihre Schwägerin soll die Informationen besorgen, ohne ihren Chef einzuweihen?"

„Hab ich auch. Aber er ist abends noch mal in die Apotheke gekommen, weil er etwas dort vergessen hat. Und dabei hat er entdeckt, dass Ute Petzold Informationen zu diesem Medikament ausgedruckt hat. Er sagt, er hat Torsten angerufen, um ihn darauf anzusprechen. Und der hat wohl Eins und Eins zusammengezählt." Sie seufzte. „Als ich ihn am Vormittag auf dem Marktplatz getroffen habe, hat er mitbekommen, dass ich zu

Ringbert wollte. Und mich gewundert habe, dass mein Vermieter an der Ostsee auf Usedom ist."

„Du hast echt deinen Vermieter verdächtigt?", fragte Martin amüsiert, soweit es die Stimmung zuließ. „Ich bin dem Kerl schon ein paar Mal über den Weg gelaufen, wenn ich bei dir übernachtet habe."

In dem Moment stieß Sandro sein Glas Wasser um, das er gerade hatte ergreifen wollen. „Schräger Vogel", fuhr Martin ungerührt fort.

„Ich weiß, ich weiß", warf Maike ein. „Er ist vielleicht ein Geizkragen und Halsabschneider, aber kein Verbrecher."

„Wer hat eigentlich dieses Feuerwerk gezündet?", fragte Sandro, vielleicht eine Spur zu hektisch und wischte die Wasserpfütze ungeschickt mit einem Taschentuch weg.

Die Erinnerung daran ließ Maikes Mundwinkel trotz der ernsten Lage zucken. „Die Bürgermeisterin von Niederteerbach", sagte sie. „Und zwei ehemalige Polizisten, Gunnar Hansen und Bruno Schneider."

Zoe hob ihr Wasserglas. „Unsere Tachmoiner!"

Epilog

Eine halbe Stunde später parkten Zoe und Maike ihre Autos nebeneinander auf dem Parkplatz des rechtsmedizinischen Instituts. Jens hatte gefragt, ob sie alle noch zusammen zu Mittag essen wollten, doch Maike und Zoe hatten abgelehnt. Sie hatten bereits etwas Anderes vor.

Heute besuchten sie nicht Zoes Arbeitsstätte, sondern den Melatenfriedhof, der in unmittelbarer Nachbarschaft lag. Es war Kölns größter und bedeutendster Friedhof. Trotzdem war Maike nur selten hier gewesen. Die Wege, die sich von Norden nach Süden oder von Westen nach Osten zogen und im rechten Winkel trafen, teilten den Friedhof in zahlreiche kleine Kästchen ein. Während sie langsam an den Gräbern vorbeiliefen, schwiegen sie. Zoe übernahm die Führung. Sie war öfter hier und erinnerte sich besser an den Weg als Maike.

Sie deutete auf eines der Gräber. „Schau mal da."

„Ja?", fragte Maike, die nichts Außergewöhnliches entdeckte.

„Das sind Ranunkeln", teilte ihr Zoe mit.

„Ihr habt recht", räumte Maike ein. „Sie sind tatsächlich recht hübsch."

Sie musste an Frau Kuschel und das niedergebrannte Gewächshaus denken, und offenbar ging es Zoe genauso.

„Was wird aus Sandra Kuschel?“, fragte sie.

„Die hatte mehr Glück als Verstand“, antwortete Maike. „Der Großteil der Dinge, für die man sie hätte belangen können, sind in Rauch aufgegangen. Niemand weiß, wie viele Hanfpflanzen sie tatsächlich besessen hat. Vielleicht stimmt es, und es war nicht mal eine Handvoll. Sie kommt ohne Geldstrafe davon.“

„Und Torsten Esser?“, fragte Zoe. „Was wird aus ihm?“

„Wir werden sehen“, antwortete Maike grimmig.

„Ich will, dass er leidet“, gab Zoe zu. „Dass er im Gefängnis verrottet und jeden einzelnen Tag seines Lebens bereut, geboren worden zu sein.“

Maike sagte nichts darauf. Aber ihre Hand stahl sich in die von Zoe und drückte sie fest. Seite an Seite gingen sie die engen Friedhofswege entlang, bis sie vor einem Grab ankamen, an dem Maike bisher noch nicht gewesen war.

Ihre Kehle zog sich zu.

Lange starrten sie auf das Grab von Billie. Es war gepflegt. Frische Blumen lagen auf der dunklen Erde. Ein Grablicht brannte in der dafür vorgesehenen Fassung.

Billies Eltern kamen wohl oft hierher. Sie hatten ihre Tochter nie vergessen.

„Was sie wohl sagen würde, wenn sie uns jetzt so sehen könnte?“, fragte Maike.

Zoe drückte ihre Hand fester. „Dass wir aufeinander aufpassen sollen.“

Maike lehnte sich an sie. „Glaubst du, wir wären heute noch so eng befreundet, wenn uns dieser

Sommer damals nicht so sehr zusammen geschweißt
hätte?"

„Ich weiß nicht", antwortete Zoe. „Ich hoffe schon."
Sie seufzte. „Dieser Sommer damals. Der hat alles verändert."

„Ich wäre vielleicht niemals Polizistin geworden."

„Und ich sicher nicht Rechtsmedizinerin."

Wieder schwiegen sie. Schließlich löste Maike ihre
Finger sanft aus denen von Zoe und schob sie in ihre
Jeanstasche. Sie zog etwas daraus hervor, ging seitlich
am Grab entlang und legte es auf den Grabstein: ein
dünnes Freundschaftsarmband, aus Perlen gefertigt.

„Hast du...?", fragte Zoe überrascht.

„Ein neues geknüpft", antwortete Maike.

Sie spürte Zoes überraschten Blick auf sich ruhen,
fügte jedoch nichts hinzu. Stattdessen legte sie die
Hand auf den kühlen Marmor, als könne sie Billie so
einen Gruß ins Jenseits schicken.

„Ich komme dich jetzt öfter besuchen", flüsterte sie.

Dann drehte sie sich um.

Sie sah, dass in Zoes Augen Tränen glitzerten. Vermutlich war sie die einzige Person, die verstand, wie es
ihr selbst gerade ging.

„Wollen wir noch einen Kaffee trinken?", fragte Zoe.
„Hier in der Nähe gibt es ein nettes kleines Café."

„Gern", antwortete Maike.

Gemeinsam schlenderten sie Richtung Hauptaus-
gang. Vögel zwitscherten in den Büschen um sie
herum, Eichhörnchen sprangen von Ast zu Ast und irgendwie hatte das an diesem stillen Ort etwas Tröstli-
ches. Weil es lebendig war.

„Und jetzt?", fragte Zoe, als sie auf einen der Hauptwege des Friedhofs einbogen, der von Platanen gesäumt wurde.

„Ich dachte, du hättest mir gerade einen Kaffee versprochen?"

„Das meine ich nicht."

„Was dann?"

„Du hast Billies Fall gelöst, Maike. So wie du es damals versprochen hast. Was wird jetzt aus dir?"

„Aus mir?"

„Ja." Zoe blickte sie an. „Was wirst du jetzt tun? Wirst du in Niederteerbach bleiben?"